KB078605

박선우 장편소설
FUSION FANTASTIC STORY

멋진
Wonderful
Life
인생

멋진 인생 3

박선우 장편소설

초판 1쇄 찍은 날 § 2016년 5월 10일
초판 1쇄 펴낸 날 § 2016년 5월 17일

지은이 § 박선우
펴낸이 § 서경석

편집책임 § 이창진

펴낸곳 § 도서출판 청어람
등록번호 § 제387-1999-000006호
등록일자 § 1999. 5. 31
어람번호 § 제1-2424호

주소 § 경기도 부천시 원미구 부일로 483번길 40 서경B/D 3F (우) 14640
전화 § 032-656-4452 팩스 § 032-656-4453
http://www.chungeoram.com
E—mail § chungeorambook@daum.net

ISBN 979-11-04-90795-1 04810
ISBN 979-11-04-90758-6 (세트)

박선우 장편소설

FUSION FANTASTIC STORY

멋진
인생

Wonderful
Life

3

청어람

CONTENTS

멋진 *Wonderful*
인생 *Life*

제18장
여자의 마음

박강호는 어이가 없어 서여진의 얼굴을 뻔히 쳐다보았다.

분위기가 무르익어 자유롭게 대화할 수 있는 분위기가 마련되었다고는 하나 여자로서 내기에는 너무나 민망한 수수께끼였다.

트릭이다.

알고 보면 너무나 간단한 문제였는데 교묘하게 따라붙은 조건들이 남자들의 상상을 자극해서 차마 말로 할 수 없는 단어를 연상케 만들었다.

슬쩍 친구 놈들을 확인하자 얼굴이 시뻘겋게 달아오르고 있었다.

재밌는 것은 민망한 수수께끼를 내놓고 여자들이 기대하는 얼굴로 남자들을 바라보고 있다는 것이었다.

그 시선에는 얼른 대답하라는 재촉이 담겨 있었다.

결국 참지 못하고 성격이 급한 고홍준의 입이 벌어지는 것이 보였다.

놈의 성격이라면 사고를 칠 가능성이 농후하고도 남았다.

그랬기에 박강호는 급히 고홍준의 입을 틀어막았다.

"여진 씨, 설마 우리를 창피 주려고 한 건 아니죠?"

"그럴 리가요. 얼마나 센스가 있는지 보려고 한 거예요. 용기도 보고 싶었고요."

"그건 제가 답을 압니다. 그러고 답을 안 이상 크게 말할 필요가 없다고 생각하는데 그렇지 않나요?"

박강호의 질문에 서여진의 얼굴이 그때서야 발갛게 달아올랐다.

하지만 타는 듯한 시선을 던지는 박강호를 그녀는 똑바로 마주치며 외면하지 않았다.

"답을 안다면 크게 대답하지 않아도 돼요."

"그게 좋겠어요. 제 목소리는 너무 우렁차서 사람들이 모두 놀랄 수 있으니까요."

"정답을 말해보세요."

"답은 영희입니다. 맞나요?"

"…맞아요."

"그럼 약속대로 여기 비용은 여진 씨가 내세요."

"휴우, 혹시 알고 있었나요?"

"아닙니다. 이놈들과 다르게 제가 조금 침착했을 뿐입니다."

"대부분 다른 대답을 하는데 강호 씨는 맞히고 말았네요. 좋아요. 약속대로 돈은 내가 낼게요."

역시 쿨하다.

서여진은 박강호가 정답을 말하자 의자에 등을 붙이며 묘한 미소를 지었다.

두 사람의 대화를 듣고 가장 황당한 표정을 지은 놈은 다름 아닌 고홍준이었다.

물론 다른 놈들도 하마터면 큰일 날 뻔했다는 표정을 짓고 있었지만 고홍준은 마치 죽었다가 살아난 놈처럼 입을 다물지 못하고 있었다.

잠시 어색했던 분위기가 다시 유쾌하게 돌아온 것은 고홍준이 서여진을 향해 원망 섞인 푸념을 늘어놓으면서부터였다.

놈은 익살을 섞어가며 자신이 대답하려 했던 단어를 생각하면 치가 떨린다는 표정을 여과 없이 보여주었다.

젊다. 그리고 누군가의 잘못을 따지기에는 이 자리가 너무나 활기차다.

그랬기에 그들은 금방 잠시의 어색함을 뒤로하고 즐거움을 되찾았다.

가장 중요한 시간이 찾아온 것은 서로 간에 알 만큼 알 만한 시간이 지난 후였다.

미팅의 꽃은 역시 파트너를 정하는 것이다.

파트너를 정하는 방법은 부지기수로 많다.

소지품을 내놓는 방법부터 사다리 타기, 지명식도 있었고 단순하게 순번을 정해놓고 운에 맡기는 방법도 있었다.

하지만 가장 애용되는 방법은 역시 소지품을 이용하는 것이었다.

소지품을 이용하는 방법은 함정이 있기 때문이다.

밀어주기.

친한 친구들끼리는 미팅에 나가기 전 돌아가면서 밀어줄 놈을 선정하는 경우가 많았다.

그날의 물주를 정해놓고 물주가 찍은 여자가 고른 물건은 무조건 자기 것이라고 우기면 된다.

상황에 맞춰 물주 것을 다른 사람이 자기 물건으로 하면 상황은 끝나고 미팅은 그날의 작전대로 훌륭하게 마무리할 수 있다.

미팅에 나오면서 오늘의 물주는 고홍준이 맡기로 했다.

대학 다니면서 변변히 연애 한번 못 해본 그는 필사적으로 자신에게 우선권을 달라고 애걸했기 때문에 친구들은 그에게 선택권을 줄 수밖에 없었다.

문제는 여자들도 그 방법을 너무나 잘 안다는 것이었다. 그러고 기다렸다는 듯 최상훈의 제안을 서여진이 나서서 반대했다.

작전에 차질이 발생하자 친구들이 고홍준의 얼굴을 우려스럽게 봤다.

하지만 고홍준의 얼굴은 여유가 있었다.

왠지 알 것 같아 친구들의 얼굴에도 웃음이 피어올랐다.

오늘은 여기 있는 누구라도 그의 상대로 부족함 없이 훌륭하기 때문이었다.

따라서 여자들의 제안대로 사다리 타기로 방법을 바꿨다.

어차피 누가 되어도 상관이 없다면 여자들의 제안을 존중해 줄 필요성이 있었다.

사다리는 금방 그려졌고 팽팽한 긴장감이 감돌았다.

선택은 여자들이 했기 때문에 남자들은 결과를 기다려야 했다.

역시 성격대로 서여진과 민정혜가 먼저 선택했고 나머지가 뒤를 따랐다.

펜이 그려지면서 남자들의 입에 침이 고였다.

이 한순간의 선택에 의해 앞으로 장밋빛 인생이 그려질지 아니면 나락으로 떨어질지가 결정되기 때문에 잔뜩 긴장된 얼굴이었다.

서여진의 펜은 줄을 긋고 내려가며 박강호로 향하다가 최상훈으로 결정되었다.

그녀는 잠시 아쉽다는 듯 박강호를 바라보았으나 금방 표정을 바꾸고 최상훈을 바라보며 반갑다는 미소를 지었다.

속마음이 어떤지 모르지만 최대한 파트너에 대한 예의를 지키는 모습이었다.

박강호의 파트너는 민정혜였다.

그녀는 굳은 얼굴로 줄을 긋다가 자신의 짝으로 박강호가 결정되자 활짝 핀 웃음을 지었다.

그녀의 얼굴에서 금방 알 수 있었다.

자신이 원하는 대로 되었음을.

뒤를 이어 최현승의 파트너로 황영은이, 고홍준의 파트너로 김미수가 결정되었다.

짝을 찾아 자리를 이동하지는 않았다.

웃고 떠들다 보니 벌써 시간은 5시를 훌쩍 넘었기 때문에 그들은 최현승의 제의에 따라 생맥줏집으로 자리를 옮겼다.

하지만 생맥줏집에서는 자연스럽게 파트너별로 마주 앉았는데 누가 시켜서 만들어진 것은 아니었다.

자리를 생맥줏집으로 옮긴 것은 절차를 생략하기 위함이다.

시간이 어중간했으니 밥과 술을 동시에 해결하는 데 생맥줏집만큼 적합한 곳도 없었다.

생맥주가 나왔고 요기를 할 수 있는 안주가 나오자 일행이 떠들썩하게 술을 따르느라 부산했다.

그때부터 진짜 미팅이 시작되었다.

커피숍에서 이루어진 대화가 전초전이었다면 생맥줏집에서의 대화는 파트너에 대해서 집중적으로 알아보는 전면전 성격을 가지고 있었다.

그랬기에 술자리임에도 다른 사람의 대화에 끼어들지 않고 파트너와의 대화에 몰두했는데 가장 적극적인 사람은 민정혜였다.

"강호 씨는 미팅도 안 한다고 들었어요. 정말 그래요?"

"이번이 두 번쨉니다."

"왜 미팅을 안 했죠? 대학 생활의 꽃은 미팅이라고 그러던데?"

"정혜 씨는 많이 해봤습니까?"

"저는 한 스무 번 정도 해본 것 같아요."

"많이 했군요."

"많이 한 거 아니에요. 정말 많이 한 친구들은 4학년 동안 소개팅을 포함해서 백 번 정도 했을 거예요."

"그렇군요."

"이제 말해봐요. 왜 안 했어요? 혹시 사귀었던 사람이 있어서 그랬던 건가요?"

"그렇습니다."

구구한 변명을 늘어놓기 싫어서 박강호는 그녀의 질문에 그대로 긍정해 버렸다.

다른 변명을 했다면 그녀가 계속해서 말꼬리를 잡을 것 같았기 때문이었다.

하지만 그녀의 질문은 집요했다.

"혹시 지금도 사귀나요?"

"아닙니다. 군대 가기 전에 헤어졌습니다."

"제가 괜한 질문을 한 것 같네요. 우리 다른 이야기 해요."

박강호가 안색을 흐리자 눈치 빠르게 그녀가 대화를 전환했다.

취미가 뭐냐고 물어 영화 감상이라고 하자 그녀는 박수를 치며 자기도 그렇다고 반색을 했다.

"저는 모든 장르의 영화를 좋아해요. 언제 우리 같이 영화 보러 가요."

"시간이 별로 없어서 가능할지 모르겠네요."

"일요일에는 쉰다고 들었는데 아닌가요?"

"쉬는 건 아니고 휴식을 위해 오전에만 공부를 게을리합니다. 오후부터는 공부를 하는 편입니다."

이 정도면 거의 거부의 몸짓이나 다름없다.

그럼에도 민정혜는 눈살하나 찌푸리지 않았다.

"정말 열심히 공부하네요. 여자 친구 만들기는 꽤 어렵겠어요."

"당분간은 그럴 것 같습니다."

"강호 씨를 사귀려면 오랜 시간을 기다려야 되는 거죠?"

이번 질문에는 대답을 하지 못했다.

그녀의 시선에서 어떤 대답을 원하는지 알 수 있었기 때문이었다.

민정혜에 대해서 커피숍에 있을 때 친구들에게서 많은 이야기를 들었다.

E대 무용과에서 독보적인 실력을 갖춰 이미 국립발레단 오디션에 합격한 상태라는 것이었다.

전국의 무용과 학생들이 꿈꾸는 최고의 직장인 국립발레단에 들어가는 것은 낙타가 바늘구멍을 통과하는 것보다 더 어렵다며 친구들은 그녀를 입에 침이 마르도록 칭찬했다.

그런 여자가 대놓고 자신을 바라본다는 것은 어쩌면 행운일지도 모른다.

하지만 박강호의 말투는 여전히 담담했다.

"졸업 때까지는 여자를 사귀지 못할 것 같습니다. 제 성격은 한 가지에 몰두하면 다른 것은 생각하지 않거든요."

"보기 좋게 차인 거네요?"

"뭐가 말입니까?"

"저 말이에요. 모른다고는 하지 마요."

"차이고 말고의 일은 아닌 것 같네요. 정혜 씨는 사귀자는 말을 안 했고 저 역시 거절한 적이 없으니 그런 말은 어울리지 않습니다."

"빠져나가는 방법이 교묘하군요."

"불편한 마음 갖지 말았으면 합니다. 저는 그저 오늘 하루 재밌게 놀다 갔으면 좋겠다는 생각을 하고 나왔으니까요."

파트너 간의 대화는 한계가 있다.

아무리 마음에 들어도 주변의 시선이 있다면 결국 대화는 주변으로 옮겨 가기 때문이다.

그들이 그랬다.

파트너 간의 대화가 2시간 가까이 넘어가자 언제 그랬냐는 듯 커피숍에서처럼 단체 대화가 시작되었다.

술이 들어갔기 때문에 더욱 그런 분위기가 형성된 것 같았다.

와자지껄한 소음.

생맥줏집의 소란스러움에 더해서 좌중의 사람들이 모두 한마디씩 해댔기 때문에 대화는 이제 집중이 무너지기 시작했다.

그때 최현승이 자리에서 벌떡 일어났다.

"자, 자. 조용하세요. 긴급 제안이 있습니다. 오늘은 정말 즐거운 날입니다. 짝을 찾고 찾지 못하고를 떠나서 이렇게 만난 것 자체가 너무나 행복한 것 아니겠습니까. 그래서 말인데요, 우리 삼 차로 '우산속'을 가는 것이 어떻겠습니까?"

"좋아요!"

최현승의 제안에 여자들이 기다렸다는 환호성을 보내왔다. 오면서 고홍준과 두 놈이 속닥거린 게 이것인 모양이었다.

속으로 찜찜함이 느껴졌지만 반대를 하기에는 늦었다.

남자들은 물론이고 여자들까지 환호성을 낸 상황에서 자신만 빠진다고 하면 분위기는 최악으로 변하게 될 것이다.

그랬기에 박강호는 아무 말도 하지 않았다.

젊음은 참 좋다.

분위기를 위해 뒤를 돌아보지 않는다는 건 젊음의 특권이다.

물론 실패도 있고 아쉬움도 남을 수 있다.

그럼에도 하고 싶은 걸 마음껏 할 수 있다는 것은 젊음이 아니면 절대 할 수 없는 것이다

'우산속'은 신촌에 있는 유명한 디스코장이었다.

전국에 있는 디스코장 중에서 톱3에 들어갈 정도로 규모도 컸고 대학생들을 중심으로 손님들이 구성되었기 때문에 인기가 하늘을 찌를 정도였다.

일행은 파트너별로 짝을 지어 걸으며 길거리 데이트를 즐겼다.

걸어서 10분 정도밖에 걸리지 않았지만 그들은 좀 더 친근해지기 위해 최선을 다했다.

"우산속 못 가봤죠?"

아예 못 갔을 것이라 확신하는 얼굴로 민정혜가 물었다.

그녀는 생맥줏집에서 박강호의 직설적인 대답에 잠깐 안색을 흐렸을 뿐 언제 그랬냐는 듯 다시 얼굴이 밝아진 상태였다.

밝은 얼굴을 대하면 자신도 모르게 얼굴이 밝아진다.

"못 가봤습니다."

"유명한 곳이에요. 대학생들의 천국이죠. 오늘, 강호 씨는 색다른 경험을 하겠네요."

"저도 기대가 됩니다."

"춤은 출 줄 알아요?"

"아뇨, 이런 곳은 처음이라 막대기나 다름없어요."

"내가 가르쳐 줄게요."

"그러고 보니까 정혜 씨는 잘 추겠네요."

"그럼요, 춤이 전공인데 오죽하겠어요. 오늘 내가 확실히 가르쳐 줄 테니까 기대하세요."

우산속 앞에 도착하자 길게 늘어선 줄이 보였다.

시계의 눈금은 8시를 조금 넘게 가리키고 있었다.

화려한 네온사인.

우산이 그려진 '우산속'의 간판이 불빛에 비쳐 화려하게 빛나고 있었다.

일행은 줄을 서서 한참을 기다렸다.

미성년자의 출입을 금지하기 위해 신분증 검사를 했기 때문에 입장을 하는 데 꽤 많은 시간이 걸렸다.

문을 열고 들어서자 귀를 두드리는 음악이 웅장하게 울려 퍼졌다.

홀을 가득 채운 음악은 'Donna Summer'가 부른 'Hot Stuff'란 곡이었다.

버스를 탔을 때 흘러나오는 라디오에서 여러 번 들었던 노래였지만 막상 디스코장에서 듣자 느낌이 달랐다.

강렬한 비트의 음악에 맞춰 플로어에서는 청춘들이 갖가지 몸짓으로 춤을 추었다.

고흥준과 최현승은 들어서자마자 흥이 동했는지 몸을 들썩거렸고 여자들은 연신 웃음을 터뜨렸다.

웨이터의 안내로 자리를 정한 후 일행은 곧장 플로어로 뛰쳐나갔다.

누가 먼저 나가자고 한 것이 아니라 일행 모두가 동시에 움직였다고 보면 된다.

팝송의 강렬한 비트와 사이키 조명, 생맥줏집에서 마신 술기

운이 조합되면서 일행에게 흥분을 준 것이 분명했다.

여덟 명이 한꺼번에 자리 잡기가 쉽지 않았다.

워낙 많은 사람들이 플로어를 채우고 있었기 때문에 사람들과 등이 맞닿을 정도였다.

자연스럽게 일행들은 파트너별로 찢어졌다.

의도한 것이 아니었지만 동질 의식은 사람이 많다는 핑계로 그것을 가능하게 만들었다.

박강호는 자신을 빤히 바라보며 가볍게 몸을 흔드는 민정혜의 시선을 마주 보지 못했다.

거의 가슴이 붙을 정도로 가까웠고 그녀의 시선이 너무 고혹스러웠다.

그녀의 몸짓은 크게 움직이지 않았는데도 고수의 향기가 묻어나고 있었다.

부드러웠다, 그리고 자유스러움이 담겼다.

작은 몸짓만으로도 이런 감동을 주었으니 막상 공간만 확보된다면 이곳에 있는 모든 사람은 그녀의 춤에 넋을 놓을지도 모른다.

그녀에 비해 박강호의 몸짓은 너무 뻣뻣해서 춤이라고 볼 수 없을 정도였다.

"따라서 해봐요. 이렇게."

계속해서 시선을 맞추던 민정혜가 박강호의 손을 가볍게 터치하더니 왼손으로 원을 그렸다.

그러고는 오른팔은 손바닥을 펼쳐 위로 올렸다.

몇 가지 동작을 더 추가한 그녀는 박강호가 따라 하기 쉽게 구분 동작을 느리게 보여주었다.

한 가지씩은 별것 아니었는데 그녀를 따라 움직이자 음악에 묘하게 동화되며 그것이 춤으로 연결되었다.

신기하다.

그런데 그녀는 그것에 그치지 않고 손의 움직임이 끝나자 발의 스텝을 가르쳤다.

옆으로의 움직임과 앞뒤로의 스텝.

이것 역시 쉽다고 생각했는데 막상 따라 하자 팔의 움직임이 겹치면서 몸이 이상하게 꼬였다.

쉽지 않다. 하지만 그녀를 따라 계속 움직이자 점점 능숙하게 움직이기 시작했다.

"잘하는데요."

"정혜 씨가 잘 가르쳐 줘서 그렇죠. 재밌는데요."

"이 춤은 웬만한 댄스음악에 전부 활용할 수 있어요. 강호 씨가 리듬만 조금 더 타주면 창피당할 리는 없을 거예요."

"고맙습니다."

디스코장은 생각해 본 적도 없고 춤을 출 것이란 건 더더욱 생각해 본 적이 없다.

그런데 막상 민정혜에게 춤을 배우자 재미있다는 생각과 잘 추고 싶다는 마음이 불쑥 들었다.

사람 마음이 간사하다더니 자신의 마음이 꼭 그렇다.

그럼에도 박강호는 민정혜와 함께 오랫동안 음악에 몸을 맡긴 채 춤을 추었다.

문제가 생긴 것은 어느새 중간으로 옮겨진 두 사람을 향해 사람들이 자꾸 부딪쳐 왔을 때였다.

워낙 많은 사람을 수용하다 보니 플로어는 만원을 넘어 이제 움직이기조차 용이하지 않았다.

가뜩이나 가슴마저 닿을 정도로 마주 섰던 두 사람이 사람들로 인해 부딪히기를 반복했다.

여자의 가슴이 예민하다고 하지만 남자의 가슴도 그에 못지 않았다.

박강호는 민정혜의 가슴이 자신의 가슴에 닿자 불길에 닿은 듯 뒤로 물러나려 했다.

하지만 물러날 수가 없었다.

뒤쪽도 인의 장막에 가로막혀 빠져나갈 구멍이 없었던 것이다.

민정혜의 가슴은 너무나 부드러웠다.

마치 탄력 있는 고무공처럼 그녀의 가슴은 박강호의 가슴과 부딪히며 웅축되는 것이 느껴질 정도였다.

너무 놀라 민정혜를 바라보자 그녀는 침착함을 잃어버리지 않은 채 천천히 몸을 움직였다.

하지만 그녀의 얼굴은 어느새 붉게 물들어 사과처럼 변해 있었다.

그녀 역시 당황하고 있다는 증거다.

그럼에도 억지로 떼려 하지 않은 것은 박강호의 불편함을 배려하기 위함이 분명했다.

예쁜 마음이다. 그리고 평범한 여자와는 다르게 강인함도 들어 있다.

아마 박강호가 이대로 계속 있는다면 그녀는 아무렇지 않은 듯 보조를 맞춰줄 것 같았다.

이런 마음을 안다.

좋아하는 사람에 대한 배려는 여자들의 특성이란 걸 윤선아 와 사귀면서 배웠다.

그랬기에 박강호는 조심스럽게 입을 열었다.

"우리 자리로 돌아갈까요?"

"…네."

자리에 돌아오자 최상훈과 서여진이 돌아와 있었다.

둘은 마주 보고 있었는데 아직 같이 앉을 만큼의 친분이 형 성되지 않았다는 뜻이다.

"왜 들어왔어. 보기 좋던데?"

"사람들이 너무 많아서……."

서여진이 묻고 민정혜가 대답을 했다.

묻는 질문은 짓궂은 것이었지만 민정혜의 대답은 그와는 한 참 동떨어진 것이었다.

여자들의 대화는 표정만 봐도 대충 짐작은 간다.

아마, 둘 사이에는 미묘한 공감대가 형성돼 있는 것 같았다.

박강호는 슬쩍 시간을 봤다.

9시 10분.

들어오자마자 줄곧 플로어에 있었으니 한 시간이 넘게 춤을 추었다는 뜻이다.

공부를 할 때도 시간이 잘 갔는데 이제 보니 노는 것도 그에 못지않았다.

"상훈아!"

"응?"

"언제 갈 거냐?"

"지금 왔는데 가는 걸 타령해? 최소 11시까지는 있어야지. 오늘 같은 날 실컷 놀지 언제 놀아."

"난 이제 가야겠다."

"가긴 어딜 간다고 그래. 정혜 씨는 어쩌고!"

"너도 알잖아. 새벽에 종로에 간다는 거."

"아이고, 그놈의 공부. 넌 공부가 지겹지도 않냐?"

"미안하다. 애들한테 먼저 간다고 그래."

"인마. 정혜 씨는!"

"내가 이야기하지."

최상훈의 만류에도 박강호는 단호했다.

어느새 앞에 있는 민정혜와 서여진은 두 사람을 보고 있었는데 심상치 않은 기운을 느낀 것 같았다.

박강호가 일어난 것은 강렬한 비트의 새 음악이 플로어를 때리기 시작할 때였다.

"정혜 씨, 저는 이제 가야 할 것 같습니다. 먼저 가서 미안합니다."

"간다고요?"

"네."

"그럼 저도 같이 가요. 내일 할 일이 있어서 그렇지 않아도 일어서려고 했어요."

사실일까?

사실인 것도 같고 아닌 것도 같다.

하지만 분명한 것은 그녀 혼자 남을 생각이 전혀 없다는 것이었다.

두 사람이 같이 일어나자 그나마 다행이라는 듯 최상훈의 굳어졌던 표정이 슬쩍 풀어졌다.

"하여간 강호 너는 분위기 깨는 데 일가견이 있어. 어쨌든 두 사람 가면서 데이트 잘해라. 딴 길로 새지는 말고."

큰길을 걸어 버스 정류장으로 향하는 두 사람은 아무 말도 하지 않고 그저 걷기만 했다.

서로의 마음을 짐작했으니 평행선을 걷는 것과 비슷하다는 생각이 들었다.

버스를 탔을 때도 버스에 내려서 집으로 향할 때도 마찬가지였다.

두 사람은 마치 싸운 연인들처럼 앞만 보고 걸었다.

그러던 한순간.

민정혜의 입이 불쑥 열린 것은 집으로 들어가는 길에 있는 포장마차가 보였을 때였다.

"강호 씨, 우리 저기서 소주 한잔해요."

"……."

갑작스러운 제의에 박강호의 발걸음이 자연스럽게 멈춰 섰다.

집으로 돌아오면서 줄곧 미안하다는 생각을 했다.

어떤 여자도 사귀지 않겠다고 다짐했지만 막상 이런 상황이 되자 미안함이 가슴속에 가득 찼다.

민정혜의 잘못이 아니었다.

그녀는 충분히 매력적이었고 아름다웠으나 그녀의 마음을 받아들이기엔 그의 상황이, 다짐이 너무 어렵고 컸을 뿐이다.

박강호가 그녀의 제안을 받아들인 것은 분명 그런 미안함을 상쇄시키고 싶었기 때문이다.

포장마차에 들어선 민정혜는 오뎅과 곰장어를 시키고 소주까지 곁들였다.

어느새 그녀의 표정은 예전의 밝은 얼굴로 풀어져 있었다.

"자, 한잔해요."

그녀의 예쁜 손이 소주병을 든 채 내밀어졌다.

그에 맞춰 박강호가 잔을 들어 술을 받고 반대로 술병을 들어 그녀의 잔에 따랐다.

술잔을 부딪치지는 않았다.

그저 각자의 잔을 들어 입으로 가져갔을 뿐이다.

"강호 씨는 제가 바보처럼 보이죠?"

"왜 그런 생각을 합니까?"

"왠지 그런 생각이 들어요. 분명 강호 씨는 거절을 했는데 자꾸 제가 치근대잖아요. 남자들은 먼저 접근하는 여자들에게 매력을 느끼지 않는다고 수없이 들었는데 막상 그런 상황이 되니까 쉽지 않네요."

"미안합니다."

"미안할 건 없어요. 강호 씨 잘못이 아니니까요."

"저는……."

"변명하지 마요. 오히려 그게 더 아파요."

할 말이 없다.

여자가 이렇게까지 말하는데 무슨 할 말이 있을까.

그럼에도 대단하다.

자존심에 상처를 입었을 텐데 이런 말을 할 수 있다는 것은 그녀의 멘탈이 그만큼 강하다는 것을 증명하는 것이었다.

민정혜는 술을 연거푸 따라 마셨다.

박강호가 미처 술병을 잡을 새도 없이 마셨는데 그녀의 입이 다시 열린 것은 세 잔을 더 마신 후였다.

"대학 4학년 동안 세 번 남자를 만났어요. 하나는 우리나라에서 최고라는 S대 법대를 다니는 남자였죠. 그때는 2학년 때였는데 이상형이 아니었는데도 사귀었어요. 아마 최고에 대한 환상과 호기심 때문이었을 거예요. 오래가지 않았어요. 두 달 정도 만났나."

그녀는 말하는 와중에 또다시 술잔을 비웠다.

그런 후 또다시 입을 열었는데 취기가 올라오는지 얼굴이 붉어져 있었다.

"두 번째 만난 남자는 K대 체육학과에 다니는 사람이었어요. 농구를 했는데 좋은 몸매에 잘생긴 얼굴을 가지고 있어 여자들에게 인기가 많은 사람이었어요. 하지만 그 사람도 오래가지 않았어요. 바람기가 많았죠. 그리고 대화를 하면 딴 세상 사람과 이야기하는 것 같았어요. 머리는 비었고 겉만 번지르르해서 이야기가 통하지 않았어요."

한 남자를 이야기할 때마다 술 한 잔을 마신다.

자신이 사귄 남자 이야기를 하면서 술을 마시는 그녀의 마음은 어떤 의미를 지닌 걸까.

"마지막은 일 년 전이었어요. 대기업에 다니는 직장인이었죠. 그 사람과는 6개월 가까이 사귀었어요. 좋았어요. 데이트를 하면서 돈 걱정을 하지 않아도 됐고 배려심도 있었죠. 하지만 어느 때부턴가 같이 섹스를 원하더군요. 싫었어요. 아직 저는 학생이었고 미래에 대한 보장이 전혀 없는 상태였음에도 그는 무조건 섹스를 원했어요. 고민이 되었지만 과감하게 헤어졌어요. 여자가 싫어하는 걸 강요하는 남자는 문제가 있다고 생각했거든요."

그녀가 또다시 술병을 들었다. 그러고는 자신의 잔에 따랐다.

"제가 지금까지 사귄 남자들에 대해서 이야기한 건 강호 씨가 사귄 사람에 대해서 듣고 싶었기 때문이에요. 말해봐요. 내가 들어줄게요."

이것이었나.

그녀가 남자에게 결코 말하지 말아야 할 비밀을 털어놓은 이유가……

저절로 쓴웃음이 흘러나왔다.

이제야 그녀의 의도를 알았지만 이미 늦었다.

여자의 비밀을 들어놓고 자신의 이야기를 감춘다는 것은 남자로서 쉬운 일이 아니다.

더군다나 빤히 쳐다보며 자신의 말을 기다리는 민정혜의 시선은 마치 타는 것처럼 느껴질 정도였다.

그랬기에 박강호는 앞에 놓인 술잔을 마셔 버리고 천천히 입을 열었다.

"내가 사귄 여자는 착했습니다. 아무것도 없는 나를 무조건적으로 사랑해 줬지요. 내가 많이 힘들게 했습니다. 그 사람이 힘든 만큼 나도 힘들었고 더 이상 견디기 어려워졌을 때 헤어지자는 말을 했습니다."

"그녀가 그렇게 하자고 하던가요?"

"많이 울었습니다. 절대 헤어질 수 없다고 하더군요. 하지만 냉정해야 했습니다. 나를 만나는 한 그녀는 절대 행복할 수 없었으니까요."

"강호 씨도 많이 사랑했던 모양이군요."

"그렇습니다."

"많이 아팠겠어요."

"네, 한동안 눈을 감으면 그 사람이 떠올라 괴로웠습니다. 가슴이 찢어지게 아프다는 말을 그때서야 절실하게 느낄 수 있었으니까요."

"지금도 생각나시나요?"

"이제는 지나간 일입니다. 어디선가 행복하게 살고 있을 겁니다."

"강호 씨의 사랑은 많이 아픈 거였군요."

제19장
시험

　중간고사가 다가오자 박강호의 정신은 칼날같이 집중되었다.

　2학년까지 먹고사는 것이 버거웠고 등록금을 벌기 위해 미친 듯이 일했기 때문에 학교 공부를 등한시했다.

　이유는 충분했다.

　오직 3명만 받는 장학금을 타기 위해 공부에 집중한다는 것은 그의 현실에서 맞지 않는 일이었다.

　장학금은 오직 한 명에게 등록금 전액이 지원될 뿐 나머지 두 명은 그 반밖에 주지 않았다.

　그랬기에 일을 할 수밖에 없었다.

　하지만 지금은 다르다.

　통장에 돈이 있었고 최선을 다해 공부를 해왔기 때문에 승부를 걸어볼 만했다.

하지만 만만치 않다.

군대를 갔다 오지 않은 후배들의 머리는 번쩍거릴 정도로 팽팽 돌아갔고 박강호가 재수가 없는 건지 방위를 갔다 와 같은 학년에 복학한 후배들 중에는 저희들 학번에서 수석을 독차지 했던 놈들이 둘이나 있었다.

오직 수석을 해서 등록금 전액을 장학금으로 받겠다는 욕심을 부린 것은 아니었다.

어떻게든 학점을 최대로 끌어 올려 입사할 때 문제가 없도록 만드는 것이 우선이었다.

그의 1, 2학년 평점은 2.7에 불과해서 하위권이었기 때문에 3, 4학년 동안 최대로 학점을 끌어 올려야 했다.

도서관은 시험 기간이 다가오자 학생들로 미어터지기 시작했다.

평소엔 공부를 등한시해도 시험 기간만큼은 열심히 해서 학점을 확보해야 된다는 욕심이 있기 때문이었다.

박강호는 도서관이 문을 여는 새벽 5시부터 줄을 서 자리를 잡았다.

날이 밝자 메뚜기들이 활개를 쳤다.

메뚜기란 자리를 잡지 못해서 주인이 없는 곳에 앉아 공부를 하다가 주인이 오면 자리를 옮기는 학생들을 말하는 것이다.

그러다 보니 열람실이 학생들로 넘쳐나 평소보다 훨씬 북적거렸고 면학 분위기도 나빠졌다.

하지만 박강호는 그런 것에 신경 쓰지 않았다.

그는 언제나 200석이 넘는 열람실의 맨 구석에 앉아 공부를 했는데 하드커버지로 앞과 옆을 틀어막아 요새를 형성한 채 학생들이 보이지 않도록 단절했기 때문에 메뚜기로 인해 북적거리는 광경을 보지 않아도 됐다.

대학의 시험은 주관식이 대부분이었다.

특히 경영학과의 시험은 교과서에 나온 내용만 쓰면 학점을 잘 받을 수 없다.

이론과 실전의 조합.

교수들은 누차 이론이 실무에 적용되는 것을 예로 들었는데 시험의 성적은 그러한 것들을 어떻게 잘 연계시켰느냐로 판단하겠다고 강조해 왔다.

그랬기에 박강호는 전공과목에서 배운 내용들과 연계시켜 기업에서 했던 실무적인 일들을 스크랩하는 데 열중했다.

시험에 나올 만한 이론들을 과목별로 나열하고 그에 맞는 기업의 전략과 적용 방법들을 매칭시켰다.

선배들이 만들어놓은 모범 답안도 수집했으나 모든 학생이 그것을 본다는 것을 감안한다면 그대로 써서 좋은 성적을 받을 수 없다는 판단을 내렸다.

박강호의 공부 방식에 고홍준과 최현승을 혀를 내둘렀다.

두툼한 노트가 5권이나 마련된 것을 보면서도 그들은 박강호에게 차마 보여달라는 소리를 하지 못했다.

그것과 똑같은 답안을 쓴다는 것은 피땀 흘려 준비한 박강호를 엿 먹이겠다는 것과 마찬가지였기 때문이었다.

시간은 흘러 드디어 결전의 날이 밝았다.

첫 시험은 경영대 504호 강의실에서 있었기 때문에 박강호는 30분 전에 열람실을 나섰다.

가슴이 뛰었다.

최선을 다해 준비했음에도 막상 시험이 시작된다고 생각하니 흥분과 긴장이 온몸을 지배했다.

강의실에 들어서자 나름대로 준비한 자료를 보면서 중얼거리던 고홍준이 손을 번쩍 들며 자신의 앞자리를 가리켰다.

"왜 이제 왔어?"

"아직 시간 한참 남았잖아. 야, 넌 뭘 그렇게 쓰냐?"

대답을 하던 박강호가 머리를 처박고 책상에 깨알같이 뭔가를 쓰는 최현승을 바라봤다.

놈은 준비한 자료를 다 외우지 못했던지 커닝 준비를 하는 것 같았다.

최현승은 박강호의 말을 듣고도 고개조차 들지 않은 채 그저 입술만 달싹거렸다.

"바쁘다, 말 시키지 마라."

"그러게 인마, 공부 좀 열심히 하라니까."

"군대 갔다 와서 그런가 머리가 잘 안 돌아가. 옛날 같았으면 이 정도는 하룻거리였는데 말이지."

"그거 썼다가 걸리면 어쩌려고 그래?"

"절대 안 걸린다. 걱정하지 마. 복학생이 머리 안 좋아서 좀 보겠다는데 어떤 놈이 지랄하겠어."

"배짱 좋네."

"이번 시험 감독으로 들어오는 조교가 우리 학번 황연식이란다. 그러니까 괜찮아."

"정보력 좋고. 공부를 그렇게 열심히 하지 인마."

"내 말이 그 말이다."

배짱 좋게 고개를 박고 있는 최현승을 향해 박강호가 통박을 주자 열심히 중얼거리던 고홍준이 맞장구를 쳐왔다.

고홍준은 나름대로 이번 시험을 대비해서 준비를 했는지 두툼한 노트를 연신 들척거리고 있었다.

자리에 앉아 준비한 노트를 폈다.

이제 남은 시간은 15분.

다 외운 것이지만 시험 보기 전에 한 번 더 볼 필요가 있기에 박강호는 노트를 넘기며 중요한 것들만 체크했다.

그럼에도 15분은 금방 지나갔고 시험 감독인 조교가 시험지를 들고 강의실로 들어왔다.

웃고 떠들던 놈들마저 시험지가 들어오자 금방 조용해졌다.

보통 시험 감독은 한 명이 들어왔다.

어차피 경영대의 시험은 공과대처럼 숫자로 답을 내는 것이 아니라 주관식 논문 시험이었기 때문에 다른 사람의 답안지를 커닝하는 것은 불가능에 가깝기 때문이다.

설혹 본다 해도 금방 티가 났고 그런 답안지는 좋은 점수를
맞을 수가 없다.

박강호는 강의를 한 번도 빼먹지 않고 누구보다 교수의 말에
집중했기에 수시로 강조했던 내용들을 위주로 예상 문제를 뽑
았다.

그리고 혹시 몰라 자신이 중요하다고 느낀 것들도 나름대로
정리해서 보충을 했다.

운이 좋았던 것일까, 아니면 자신이 열심히 했기 때문일까?

논술형으로 나온 두 문제 중 하나는 교수가 시험에 나올지
도 모른다며 가르쳐 준 것이었고 나머지 하나는 나름대로 출제
할 수 있다고 생각해서 자신의 노트에 정갈하게 준비한 것이었
다.

거침없이 써 내려갔다.

새벽부터 밤늦게까지 공부했고 원리까지 파헤치며 준비한
답안이었기에 답안을 쓰는 시간이 오래 걸리지 않았다.

볼펜을 내려놓고 슬쩍 옆을 바라보자 정신없이 답안지를 작
성하는 놈들이 보였다.

일어날까 하는 생각도 들었지만 참으며 자신이 작성한 답안
지를 천천히 다시 읽었다.

오타도 없었고 준비한 것을 완벽하게 썼다.

그랬기에 자리에서 일어나 답안지를 들고 앞으로 나갔다.

너무 의외였을까.

제일 먼저 일어나 답안지를 제출하는 박강호를 향해 수십 쌍의 눈이 한꺼번에 쏠렸다.

　학생들의 얼굴은 이해할 수 없다는 것이 대부분이었다.

　충분히 그럴 만도 하다.

　귀가 있고 눈이 있으니 박강호가 복학 후 열심히 하는 것은 알았지만 이렇게 빨리 답안지를 제출할 거란 생각을 한 사람은 없었을 것이다.

　반은 그가 시험을 포기했다고 생각했고 반은 고개를 갸우뚱거렸다.

　포기했다고 생각한 학생들은 대부분 군대를 다녀오지 않은 현역들이었고 고개를 갸우뚱거린 건 박강호에 대해서 대충이라도 알고 있는 복학생들이었다.

　그럼에도 의아한 것은 어쩔 수 없었다.

　최선을 다해 시험을 봤다면 마지막까지 남아 있어야 정상이기 때문이었다.

　시험은 3일간 계속되었고 박강호는 준비한 것을 토대로 마지막 시험까지 치렀다.

　준비한 답안지와 조금씩 핀트가 어긋나는 문제도 있었지만 워낙 많은 분량을 공부했기 때문에 머릿속에 있는 지식으로 커버링이 가능했다.

　마지막 시험을 마치고 나오는 학생들의 표정은 마치 감옥에서 벗어난 사람들처럼 더없이 밝았다.

"오늘 한잔하자!"

고홍준이 가장 늦게 나오면서 기다리고 있던 박강호와 최현승에게 외쳤다.

놈은 시험장에서 늦게 나오는 순서로 따진다면 수석을 했을 정도로 늦장을 부렸다.

박강호와 최현승은 뻔뻔한 얼굴로 자신들을 쳐다보는 고홍준을 향해 쓴웃음을 지었다.

언제나 밝다. 그리고 유쾌하다.

마지막 시험은 거의 5시가 다 되어 끝났기 때문에 술 한잔하기에는 정말 좋은 시간이었다.

거부하지 않았다.

아무리 투지를 불사르며 공부를 해왔어도 시험이 끝난 날까지 도서관에 처박혀 있고 싶지는 않았다.

그랬기에 박강호는 친구들과 함께 학교 앞에 있는 선술집으로 향했다.

요기가 되는 김치찌개가 나오자 소주잔이 사정없이 날아다녔다.

시험에서 해방되어 자유를 되찾았다는 기쁨은 허리띠를 풀어놓을 정도로 충분한 기쁨을 주었다.

최현승이 불쑥 입을 연 것은 소주잔을 연거푸 세 번이나 비웠을 때였다.

"이젠 뭐 하지?"

"난 이제 본격적으로 미수를 공략할 생각이다."

"아직도 안 넘어왔냐?"

"도대체 모르겠어. 싫다는 건지 좋다는 건지."

고홍준이 고개를 설레설레 흔들었다.

미팅에서 만난 김미수는 고홍준의 파트너였는데 세 번이나 만났지만 아직 사귀자는 허락을 받지 못했다고 했다.

그녀는 동양적인 외모를 지녔고 차분한 성격을 가지고 있어 고홍준에게는 과분할 정도였다.

그럼에도 그녀는 고홍준이 만나자고 하면 거부하지 않았다.

박강호가 불쑥 나선 것은 고홍준이 고민에 빠진 얼굴을 하고 있었기 때문이었다.

"내가 봤을 때 미수 씨는 신중한 성격을 가진 것 같다. 그러니까 진실되게 접근해 봐. 세 번이나 만났다는 건 아주 싫다는 뜻은 아닌 것 같다."

"얼씨구, 소가 말 걱정하고 계시네."

고홍준이 황당한 표정을 지었다.

여자에 대해서는 제 앞가림도 못 하는 놈이 충고질을 하자 기가 막힌 모양이었다.

하지만 박강호의 표정은 뻔뻔했다.

"인마, 나는 그래도 연애를 1년이나 한 몸이다. 넌 한 번도 해본 적이 없잖아. 어디서 까불고 있어."

"그런가?"

"내 말대로 해. 여자와 나무는 열 번 찍으면 다 넘어간다는 명언도 있잖아. 대신 출싹거리지 말고 조심스럽게 하란 말이야."

"세부적으로 어떻게 말이냐?"

"그걸 왜 나한테 물어. 네가 알아서 해야지."

"조언을 해주려면 끝까지 서비스를 하는 거야, 이 하수야. 하긴 3년 넘게 독수공방한 너한테 뭘 기대하겠냐."

"크크크……."

"현승아, 너는 잘돼가냐?"

"난 예전에 차였다."

"왜?"

"사귀는 남자가 있단다. 그날은 그냥 하도 정혜 씨가 닦달하는 바람에 재미 삼아 나왔던 거래."

"골키퍼 있다고 골 안 들어가?"

"안 들어가. 안 들어간다고. 그러니까 술이나 마셔."

최현승이 뭐라 더 말하려는 고홍준의 주둥이에 소주잔을 들이밀었다.

확실히 최현승은 여자에 대해서 다른 두 놈과 생각 구조가 다르다.

지금까지 최현승이 사귄 여자는 숫자만 해도 10명이 넘었다.

워낙 외모 자체가 도시적이었고 집안도 괜찮아서 돈에 구애를 받지 않기 때문에 놈은 여자들을 수시로 갈아치웠다.

그렇다고 여자를 울리는 스타일도 아니었다.

서로 간의 감정이 식고 내가 생각하는 것과 다르다면 놈은 이별을 전혀 두려워하지 않았다.

고홍준이 봤을 때 최현승은 여자에 관한 한 인류 최대의 적이나 마찬가지였다.

　최현승의 행동에 잠시 대화가 소강상태에 빠진 후 또다시 술
잔이 돌았다.

　술은 경계심을 무너뜨리는 마약과 다름이 없다.

　고흥준이 불쑥 입을 연 것은 아마 그런 이유 때문일 것이다.

　"강호야, 정혜 씨는 어쩔 거냐?"

　"뭘 어째?"

　"상훈이 얘기 들어보니까 너한테 푹 빠진 것 같더라. 집에서
마주칠 때마다 너에 대해서 묻는단다."

　"난 못 사귄다고 분명히 말했다."

　"그건 네 얘기잖아. 어떻게 예쁜 여자들은 다들 너를 좋아하
는지 모르겠어. 내가 봤을 땐 쥐뿔도 없는데 말이야."

　"싱거운 소리 하지 마."

　"시험 끝나면 정혜 씨가 데이트 신청할지도 몰라. 그런 상황
이 오면 그냥 받아줘. 공부는 공부고 청춘사업은 청춘사업이
야. 공과 사를 구별하는 것처럼 말이다. 넌 아직 젊은 놈이 걱
정이 너무 많아서 탈이야."

　"그건 또 무슨 말이야. 정혜 씨가 무슨 데이트를 신청해?"

　"자세한 건 묻지 마. 나는 그렇게 들었으니까."

　민정혜도 친구들과 함께하고 있었다.

　시험은 어제 끝났기 때문에 자유스러운 분위기에서 친구들
과 커피숍에 앉아 수다를 떨고 있는 중이었다.

그녀는 공부에 대해서 스트레스를 받지 않았다.

벌써 국립발레단에 입단이 확정되었기 때문에 교수들은 그녀가 시험을 대충 봐도 최고 점수를 주었다.

물론 4학년이라는 특별함이 있었고 그녀의 재능을 높이 샀기 때문에 가능한 일이었다.

민정혜는 곧 본격적으로 국립발레단에 합류하기 때문에 며칠만 지나면 학교 다닐 때처럼 친구들과 어울려 다니기가 힘들어진다.

자리에는 단짝인 서여진과 김미수가 함께하고 있었는데 그녀들의 입에서는 연신 웃음소리가 흘러나오는 중이었다.

놀랍다는 듯 뾰족한 소리가 새어 나온 것은 서여진의 입을 통해서였다.

"그래서 찾아온대?"

"응."

"그 사람 너한테 완전히 빠졌나 보다."

"그런 것 같아."

"사귈 거니?"

"아직 지켜보는 중이야. 사람은 괜찮아 보이는데 성격이 너무 활달한 것 같아서 부담스러워. 난 진실성이 없는 사람은 싫거든."

김미수가 커피 잔을 들어 입으로 가져가자 서여진과 민정혜가 눈을 마주쳤다.

오랫동안 지켜보면서 김미수가 이런 말을 하는 건 처음이었다.

그녀는 지금까지 남자를 사귄 적이 없다.

만나지 않았다는 것이 아니라 본격적으로 사귄 적이 없다는 뜻이다.

성격대로 신중했고 남자를 만나보다 아닌 것 같으면 가차 없이 연락을 끊었다.

지금 그녀들이 화제를 놓고 요리하는 것은 고홍준에 관한 것이었다.

민정혜가 입을 연 건 고홍준을 옹호하기 위함이었다.

최상훈에게 신신당부를 받았기 때문에 그녀는 두 사람이 잘 되도록 노력하는 중이었다.

물론 그 이면에는 모종의 묵계도 담겨 있었다.

"그래도 그 사람 하는 행동을 보니까 리더십도 있고 괜찮은 것 같아. 너도 봤잖아. 그런 사람은 처자식 굶겨 죽일 일 없을 거야. 내가 들어봤더니 무척 성실하대. 축구도 잘하고 공부도 열심히 한단다."

"내가 세 번이나 잘생기지도 않은 그 사람을 만난 것도 그 때문이야. 자기 자랑을 절대 안 해. 집안 이야기를 하는 법도 없고. 오직 나한테만 관심을 두더라."

"바로 그거야. 그 사람은 집안도 괜찮아. 아버지가 성북동에서 제법 큰 사업을 한다고 들었어. 그런데도 그런 자랑을 하지 않는다는 건 꽤나 성실하다는 것 아니겠어?"

"너 혹시 뇌물 먹었니?"

"뇌물은 무슨……."

김미수가 눈을 오므리고 째려보자 민정혜가 잽싸게 말끝을 흐렸다.

너무 티가 나게 밀어주면 의심을 갖게 된다.

그렇게 되면 밀어주는 건 오히려 마이너스로 작용될지도 몰랐다.

그랬기에 민정혜는 시선을 돌리고 커피 잔을 급히 들었다.

그녀를 도와준 것은 다름 아닌 서여진이었다.

"정혜야, 너 발레단 언제 들어간다고 했지?"

"다음 주 월요일부터야."

"거기 들어가면 괜찮은 남자들 많겠다. 네가 보고 나 좀 소개시켜 주라."

"이것이 부뚜막부터 올라가고 싶어 하네."

"친구 좋다는 게 뭐니. 부탁 좀 해."

4학년 졸업반이라 그런지 남자 관심이 많다.

서여진은 아직 진로가 결정되지 않았기에 더욱 그럴지도 모른다.

국립발레단에 있는 발레리나는 거의 최고급 대우를 받았고 언제든지 외국으로 진출할 수 있는 기회가 주어진다.

사회적으로 아직까지 잘 알려지지 않았을 뿐 무용과에 다니는 그녀는 그 사실을 너무나 잘 알기 때문에 잿밥에 관심을 쏟았다.

물론 진심과 부러움이 동시에 담긴 질문이다.

아버지가 고위 공무원이었고 그녀 스스로도 어디 가서 외모에 관한 한 떨어지지 않았으니 좋은 혼처를 마련하는 건 어려운 일이 아니다.

그럼에도 그녀가 그런 말을 붙인 건 민정혜에 대한 부러움을 우회적으로 표현한 것이었다.

꿈을 이룬 친구.

아무리 친해도 부럽다는 마음을 숨긴다는 것은 쉽지 않다.

서여진이 대화를 돌린 것은 민정혜의 커피 잔이 바닥에 놓일 때였다.

"너는 어때?"

"뭐?"

"강호 씨 말이야. 계속 진행할 거야?"

"응."

"천하의 정혜가 완전히 빠졌네. 그 사람이 그렇게 매력적이니?"

"네가 보기에는 어땠는데?"

"하긴 나도 호감이 가긴 하더라. 그 정도 마스크면 톱클래스지."

"외모가 문제가 아니야."

"그럼?"

"얘기를 나눌수록 빠져들어 가. 마치 블랙홀같이."

"정신 구조가 일치한다는 뜻이군. 뭐 영혼의 합체 이런 걸 말하는 거니?"

"몰라, 정확하게는 표현할 수 없어."

"싫다는 남자를 어쩌려고?"

"남녀관계는 붙어 있다 보면 어떻게 변할지 모르는 거야. 내가 마음에 들지 않아서 싫다는 게 아니잖아. 그 사람은 처해진 어려운 환경을 뚫고 싶어서 몸부림을 치는 중이거든. 그러니까 조금씩 접근하면서 기다리면 기회가 올 거야."

"얘가, 얘가…… . 정말 푹 빠졌네요."

일요일이 되자 박강호는 평소보다 훨씬 늦게 일어났다.

다른 때와 달리 이불 속에서 미적거린 건 시험에 집중하면서 피로가 누적되었기 때문일 것이다.

10시가 넘어 자리를 털고 일어나 세면장으로 향했다.

최상훈은 오늘 볼일이 있다더니 언제 사라졌는지 보이지 않았다.

일요일의 고요.

그 고요함은 치열함을 가슴에 매달고 살아가는 박강호에게는 언제나 낯설었다.

머리를 감고 양치를 한 후 방으로 돌아와 옷을 갈아입었다.

매식집에 가기엔 늦었고 점심을 먹기에는 너무 이른 시간이라 잠시 고민에 빠졌다.

민정혜의 목소리가 들려온 것은 그가 방에서 빠져나와 뒷문으로 향할 때였다.

"강호 씨!"

너무 의외의 부름이기에 박강호의 발걸음이 놀란 듯 멈춰

섰다.

고개를 돌려보니 민정혜는 맑은 웃음을 지은 채 그를 바라보고 있었다.

산뜻한 외출복으로 갈아입은 모습이 어딜 외출하려는 것 같았다.

분홍색의 원피스.

늘씬한 몸매의 그녀가 그 옷을 입자 마치 하늘나라의 선녀처럼 보일 지경이었다.

"정혜 씨가 어쩐 일입니까?"

"밥 안 먹었죠?"

"예, 늦잠을 자서요."

"강호 씨 기다리느라 나도 밥을 안 먹었어요. 우리 같이 먹어요."

황당한 일이다. 왜 자신을 기다리느라 밥을 먹지 않았다는 말인가.

그럼에도 박강호는 차마 그것을 묻지 못했다.

그런 후 입에서는 생각지도 않던 말이 튀어나왔다.

"저는 일요일에 특식으로 짜장면을 먹습니다. 그것도 괜찮겠습니까?"

"짜장면 좋아해요."

"그럼 갑시다."

아마, 혼자 밥을 먹기 싫다는 마음이 가슴속에 웅크리고 있었던 모양이다.

그러고, 자신을 오랫동안 기다렸을 그녀에 대한 배려였을지도 모른다.

천천히 걸어 그녀와 함께 도서관으로 향했다.

테니스 코트가 있는 길을 건너 신입생 시절 축구의 열기가 가득 찼던 운동장 옆길을 걸었다.

공대 건물에서 뻗어 나온 내리막길을 지나 익숙한 도서관 건물로 들어섰다.

그녀는 걸으며 잠시도 입을 닫지 않고 학교의 아름다움을 이야기했다.

집이 근처에 있으니 와봤을 게 분명한데도 그녀는 박강호와 걸으며 신기한 듯 주변을 둘러보았다.

도서관은 시험이 끝난 지 얼마 안 됐기 때문에 텅 비어 황량할 정도였다.

하긴 아무리 굳은 의지로 공부를 하는 놈들이라도 시험이 막 끝난 후의 일요일까지 공부한다는 건 미친 짓임이 분명했다.

박강호는 자신이 애용하는 자리로 가서 가방을 내려놓고 책을 꺼내 든 후 책상에 올려놨다.

그 미친놈이 여기에 있다.

책을 책상에 꺼내 놓는 것은 예전과 다름없이 오후에는 도서관으로 들어오겠다는 뜻이었다.

그 모습을 민정혜는 아무 말 없이 물끄러미 지켜봤다.

이해가 되지 않는다. 그럼에도 이해하려 애쓰는 자신이 너무나 신기했다.

도서관에서 연결된 긴 계단을 두 사람은 조심스럽게 내려갔다.

평상시의 박강호라면 이보다 세 배는 빠르게 내려갔을 테지만 그는 민정혜를 배려하며 발걸음을 늦췄다.

"계단 사이에 길이 연결되어서 벤치가 있네요. 숲이 우거져서 쉬기 좋을 것 같아요."

민정혜가 벤치를 바라보자 박강호의 눈이 따라갔다.

그런 후 잠깐 멈춰 서서 벤치를 멍하니 바라보았다.

저곳.

저 벤치에서 윤선아와 함께 했던 기억들이 거짓말처럼 떠올랐다.

그 아련함과 그 슬픔이.

"맞아요. 저기 스피커에서 점심시간이 되면 음악이 흘러나옵니다. 벤치에 앉아 커피를 마시면 모든 것을 가진 듯 행복하다는 생각이 들곤 했어요."

"멋지네요. 나도 그런 시간을 가져봤으면 좋겠어요."

"언젠간 더 좋은 곳에서 그런 시간들을 가질 수 있을 겁니다."

그녀의 작은 소망에 박강호의 얼굴에서 웃음이 지어졌다.

처음에 그녀가 방으로 왔을 때 성격이 밝다고만 생각했었다.

하지만 미팅을 하면서 생각보다 훨씬 현명하고 배려심이 있다는 걸 알았고 지금 와서는 여인의 향기도 물씬 묻어났다.

짜장면 집에서는 또 다른 매력을 뿜어냈다.

자유스러움이었다.

그녀는 좋아한다는 것은 숨기지 않으면서도 박강호 앞에서 짜장면을 정말 맛있게 먹었다.

웬만한 여자라면 그럴 수가 없다.

좋아하는 사람 앞에서 자신의 모습을 그대로 드러낼 수 있는 여자는 많지 않기 때문이다.

"이 집 짜장면 정말 맛있네요."

"그렇죠. 여러 집을 다녀봤지만 이 집만큼 맛있는 집은 찾기 어려웠어요."

"돈은 내가 낼게요."

"아닙니다. 절대 그럴 수는 없죠."

"밥 먹자고 한 건 저잖아요."

"하하… 그래도 안 됩니다."

"그럼 오빠가 계산하세요. 대신 영화비는 내가 낼게요."

맑게 웃는 모습은 둘째 치고 그녀의 호칭에 박강호가 흠칫했다.

갑자기 오빠라는 호칭을 쓰자 난감했기 때문이었다.

그런데도 그녀는 모르는 척 웃기만 했다.

그리고 영화.

민정혜는 마치 박강호의 다음 스케줄을 알고 있기나 하듯 영화라는 단어를 자연스럽게 뱉어냈다.

보나마나 최상훈 짓이다.

가끔가다 민정혜와 잘돼가냐고 묻던 최상훈의 뻔뻔한 얼굴이 새삼스럽게 생각났다.

망설여졌다.

이대로 계산대로 걸어가면 그녀의 말을 수긍하는 것이 된다.

그녀와 데이트하기 위해 나선 길이 아니었다.

오랜 기다림을 위해 준비했을 그녀에게 실망을 주고 싶지 않다는 마음과 밥 한 끼 정도는 괜찮다는 스스로의 변명이 이런 자리를 만들었을 뿐이다.

하지만 웃고 있는 그녀에게 안 된다는 말을 하기에는 너무 잔인하다는 생각이 들었다.

아…….

민정혜와 함께 본 영화는 '공포의 외인구단'이란 영화였다.

처음에는 야구 영화라는 사실에 주저했으나 요즘 가장 잘나간다는 사람들의 평을 듣고 찾게 되었다.

민정혜가 걱정되었지만 그녀는 흔쾌히 박강호의 선택을 지지했다.

야구를 좋아해서 경기장을 직접 찾은 적도 있다는 말까지 했다.

거짓일 수도 있으나 그 표정이 너무 진실되었기에 표를 끊고 영화관으로 들어갔다.

영화의 힘은 무서웠다.

'공포의 외인구단'은 야구로 포장되어 있었으나 한 남자의 지독한 사랑 이야기였다.

영화를 대하는 선입감은 금방 무너졌고 한 여자를 위해 목숨마저 바치는 사나이의 순정을 대하자 가슴이 무너져 내렸다.

저런 사랑을 뭐라 말할까.

자신도 모르게 눈물이 흘렀다.

윤선아를 보내면서 그녀의 행복을 위한다는 핑계를 댄 자신이 그때서야 너무 어리석게 느껴졌다.

목숨마저 버리면서 사랑하는 사람도 있는데 자신은 현실을 이겨내지 못하고 사랑하는 사람을 슬프게 보내고 말았다.

바보 같은 놈, 어리석은 놈.

극장을 나와 민정혜와 걸으면서 박강호의 마음은 한없이 어두워졌다.

버스를 타고도 그 마음은 같았고 학교로 돌아와 도서관으로 향하는 계단을 오를 때도 마찬가지였다.

잊을 줄 알았다. 그러고 잊어야 한다고 생각했다.

그러나 가슴을 울리는 영화 한 편으로 그 모든 것이 거짓이란 것을 알았다.

제20장
그리움이란

　윤선아는 사무실에 앉아 회계분석자료를 전산데이터로 변경하는 일에 몰두하고 있었다.

　간단한 것 같지만 매우 까다롭고 어려운 일이었기 때문에 자칫 정신을 놓으면 실수가 잦았다.

　하지만 그녀는 지금까지 이 일을 하면서 한 번도 실수한 적이 없었다.

　꼼꼼하고 차분했기 때문에 담당 과장은 그녀가 일을 마치면 이제 보지도 않을 정도였다.

　윤선아를 향한 남자 사원들의 탐색이 끝난 것은 오래전 일이었다.

　은행이란 집단의 특성은 여사원들이 많다는 것이었다.

영업점은 대부분 여직원들이었고 윤선아가 근무하는 본사에도 여직원들은 쌔고 쌨다.

그럼에도 그녀가 총각 사원들의 관심을 한 몸에 받고 있는 것은 출중한 외모와 포근한 심성이 남달랐기 때문일 것이다.

그중에서도 인사부의 최영철과 전산실의 황인규는 윤선아의 마음을 얻기 위해 필사적이었다.

두 사람은 본사에서도 재원 중의 재원으로 꼽히는 엘리트로서 최영철은 S대를 나왔고 황인규는 Y대를 졸업한 후 특채로 들어왔다.

"이거 드시고 하세요."

지끈거리는 머리를 쉬기 위해 잠시 고개를 든 순간 황인규가 기회를 잡았다는 듯 음료수를 내밀었다.

귀공자 스타일을 가진 남자.

한눈에 봐도 부유한 환경에서 아무런 어려움 없이 자란 것이 티가 날 정도로 말쑥한 외모를 지녔다.

실제로 여직원들 사이에서 떠도는 소문에 따르면 은행의 고위 간부가 작은아버지라고 했다.

더군다나 학벌도 좋았고 그의 집안도 남부럽지 않게 잘사는 것으로 알려져 여직원들 사이에게 인기가 많은 사람이었다.

"고마워요."

안다, 그의 마음을.

알면서도 음료수를 받아 든 건 그의 손을 부끄럽게 만들면 안 된다는 생각 때문이었다.

"잠시 쉬실 거죠?"

"네, 머리가 너무 아팠거든요."

"그럼 우리 잠시 바람이나 쐴까요?"

"아뇨, 이거 오후까지 끝내서 보고해야 돼요. 그럴 시간은 안 되겠어요. 미안해요."

윤선아는 그의 제안을 완곡하게 거부했다.

성품 탓이다.

마음에 두지 않았으니 차갑게 대해도 되련만 그녀는 언제나 상대가 미안하지 않도록 만들었다.

황인규가 빙그레 웃음을 지으며 두 손을 든 것은 그런 그녀의 마음을 알기 때문이었다.

아직 그녀가 자신에게 마음을 열지 않았다는 것을 안다.

그럼에도 이토록 지속적으로 대시하는 건 남을 먼저 배려하는 윤선아가 너무 마음에 들어서였다.

한두 번 당한 것은 아니었으나 포기할 생각은 전혀 없었다.

미인을 얻기 위해서는 이까짓 부끄러움은 아무것도 아니라고 생각했다.

윤선아는 일요일에 늦잠을 잤다.

일주일 동안 쌓인 피곤함을 풀기 위해 충분한 게으름을 피웠다.

아침도 먹지 않았다.

어머니가 여러 번 부르러 왔지만 쉬고 싶다는 말로 아침을 걸렸다.

그러나 10시가 넘자 잠에서 깼다.

아무리 피곤했던 몸이라도 평상시의 습관과 생체 리듬이 그녀를 잠에서 깨웠다.

일어나지 않은 채 이불 속에서 눈을 뜨고 천장을 바라보았다.

많은 생각이 한꺼번에 몰려왔다.

최영철과 황인규.

황인규는 같은 사무실에 있으면서 수시로 그녀를 배려하며 접근해 왔고 최영철은 1층의 인사팀에 근무하면서도 13층에 있는 그녀의 사무실로 꼭 한 번씩 출근해서 데이트를 신청했다.

둘 다 끈질긴 사람들이었다.

하지만 괜찮은 사람들이기도 했다.

여직원들의 시샘을 한꺼번에 받는 것은 두 사람이 모두 좋은 배경과 외모를 지녔기 때문일 것이다.

그럼에도 전혀 마음이 가지 않았다.

둘 중에 누굴 고를까란 고민을 하고 있었다면 아마 직장 생활은 더욱 활기차고 즐거웠을 테지만 그녀는 그들에 대해서 직장 동료 이상의 감정을 갖지 않았다.

여직원 중에서 친하게 지내는 이혜숙은 그녀를 향해 불쑥불쑥 질투심마저 나타내며 행복이 지나쳐서 까분다고 잔소리를 했지만 그저 웃고 만 것은 그런 이유 때문이었다.

이불 속에 누워 자신의 마음을 생각했다.

도대체 무슨 이유일까.

오랜 시간 남자를 사귀지 않은 이유.

자신은 석녀도 아니었고 독신주의자도 아니었다.

그녀의 꿈속에는 백마 탄 왕자를 만나 행복한 가정을 꾸리는 것이 자주 등장했다.

정상적인 여자란 뜻이다.

그런데도 좋은 조건을 가진 남자들을 거부하고 있는 이유는 아무리 생각해도 단 하나뿐이었다.

윤선아는 이불을 박차고 침대에서 내려와 화장실로 향했다.

머리를 감고 마음을 가다듬으며 부랴부랴 외출 준비를 했다.

예쁘게 화장을 했고 새 옷으로 갈아입었다.

학교를 찾은 것은 벌써 두 달이 다 되어간다.

워낙 회사 일도 바빴지만 자신의 마음을 정리하느라 다시 찾는 것을 주저했다.

매일이라도 찾아가 그 사람을 보고 싶었다.

어떻게 지냈는지, 어떻게 변했는지 두 눈으로 보고 싶어 미칠 지경이었다.

그랬기에 주저함을 뒤로하고 외출 준비를 했다.

방에서 나와 거실로 내려오자 어머니는 상을 차리다가 놀란 눈을 했다.

"어디 가려고?"

"네."

"어디 가는데?"

"오늘 꼭 갈 데가 있어요. 배고파요, 밥 주세요."

"아침을 굶었으니 그렇지. 조금만 기다려. 금방 차려줄게."

어머니가 차려준 밥을 평소의 그녀답지 않게 전쟁 치르듯 먹어치웠다.

마음속에 남아 있는 두려움과 껄끄러움을 치워내고 싶다는 마음이 그녀를 그렇게 만들었다.

어머니는 앞에 앉아 그녀가 밥 먹는 모습을 보며 재미있다는 표정을 짓고 있었다.

"너 싸우러 가냐? 무슨 표정이 그래?"

"왜요?"

"그냥, 이상해서."

"오늘 모임 있어서 가는 거예요. 걱정하지 마세요."

"선아야. 나 할 말 있다!"

"뭔데요?"

"아버지가 어제 사진을 한 장 가지고 오셨더라. 한번 봐봐."

어머니가 불쑥 일어나더니 거실에서 지갑을 가져와 사진을 꺼내 들었다.

사진 속에는 잘생긴 남자가 활짝 웃고 있었다.

"누구죠?"

"국세청 직원. 아버지 말로는 집안도 좋고 학벌도 좋단다. 앞으로 국세청에서 제일 잘나갈 거라고 그러더라."

"그래서요?"

"선아야, 너도 이제 결혼을 생각해야지."

"저는 아직 그런 생각 가져본 적 없어요."

"이것아, 그냥 보기만 해. 마음에 안 들면 그냥 들어오면 되잖아."

"싫어요."

"선아야!"

"난 선 같은 건 안 볼 거예요. 그리고 사귀는 사람 있어요."

"거짓말하지 마. 휴일이면 맨날 방바닥에서 뒹굴면서 사귀는 사람이 어디 있다고 그러는 거니."

"있다니까요."

"그럼, 데려와 봐. 그러면 믿어줄게."

"엄마, 오늘따라 밥이 맛있었어요. 갔다 올게요."

윤선아는 벌떡 일어나 급하게 현관으로 향했다.

더 있으면 계속해서 고문을 받을 게 뻔하기 때문이었다.

이제 겨우 사회 초년병인데도 불구하고 부모님은 그녀의 결혼 걱정을 하고 계셨다.

그랬기에 벌써 선보라는 말을 세 번이나 꺼냈다.

딸을 일찍 떠나보내고 싶은 부모가 어디 있을까.

부모님이 이렇듯 걱정하는 건 분명 그녀가 좋은 사람을 만나 행복한 삶을 살아가길 바라기 때문일 것이다.

윤선아는 예전과 똑같은 길을 걸어 학교로 향했다.

시간은 1시를 가리켰고 눈으로는 캠퍼스로 들어가는 정문이 들어왔다.

또다시 미친 듯이 가슴이 뛰기 시작했다.

그럼에도 마음을 다잡고 정문으로 들어섰다.

4년이란 시간을 이곳에서 보냈으니 시험이 끝난 후의 일요일 캠퍼스가 낯설지 않았다.

사람은 거의 보이지 않았고 오직 아름다운 정경만이 그림처럼 펼쳐져 있었다.

천천히 걸었다.

호흡을 길게 했고 대신 걸음을 늦춰 다가오는 긴장감을 풀어내려 노력했다.

그럼에도 도서관은 그녀의 눈으로 점점 가깝게 다가왔다.

계단을 올랐고, 다 오른 후에는 예전처럼 잠시 멈춰 서서 호흡을 골랐다.

여전히 이 긴 계단은 여자가 오르기에 벅찬 곳이었다.

거칠어졌던 숨이 다시 평온하게 돌아오자 도서관 입구로 향했다.

오늘은 만날 수 있겠지…….

그녀의 기대가 허탈감으로 무너지는 데는 오랜 시간이 걸리지 않았다.

박강호는 오늘도 도서관에 없었다.

도대체 뭐가 잘못된 것일까?

열람실을 모두 뒤진 후 도서관 앞 벤치에 앉아 한참 동안 멍하니 있었다.

로비에서 뽑아 온 커피가 싸늘하게 식을 때까지.

이곳에서 그와 함께 많은 이야기들을 했다.

세상의 모든 것이 아름다웠고 계단을 오르내리는 사람들이 모두 행복하게 보였다.

사랑하는 사람과 함께 있다는 것만으로 그녀는 세상을 다 가진 것처럼 행복한 여자였다.

그런데 그 모든 것이 추억으로 변했고 자신은 오랜 시간 동안 절망 속에서 살아왔다.

그 아름다웠던 추억을 가슴속으로 되새기며.

오늘은 반드시 봐야 한다는 생각에 다섯 번이나 열람실로 향했다.

어디선가 불쑥 나타날 거란 기대.

그런 순간이 오기를 간절히 바라며 그녀는 다람쥐 쳇바퀴 돌듯 열람실을 들락거렸다.

없다, 어디에도.

시간은 벌써 3시를 훌쩍 넘어 4시로 향하고 있었지만 박강호의 모습은 찾을 수 없었다.

또다시 커피를 뽑아 벤치로 내려왔다.

조금만 더 기다렸다가 다시 한 번 찾아볼 생각이었다.

이번이 마지막이라고 생각했지만 자신할 수는 없다.

그를 보고 싶다는 마음이 사라지지 않는 한 이 자리를 떠날 자신이 들지 않았다.

커피를 마시며 벤치에서 일어나 천천히 오솔길을 걸었다.

처량하다는 생각은 들지 않았다.

그저 시간을 보내어 그가 돌아오기를 기다릴 뿐이다.

사람들이 계단을 걸어 올라오는 것이 보인 것은 오솔길의 끝까지 갔다가 다시 벤치로 왔을 때였다.

아무런 생각 없는 눈길.

그 눈길이 놀라움으로 변하기까지는 그리 길지 않았다.

계단을 오르고 있는 남자.

그 남자는 그녀가 그토록 기다리고 있는 박강호가 분명했다.

그리웠던 얼굴, 보고 싶은 사랑.

불현듯 꿈속에서 나타나 웃음을 주었고 그 꿈에서 깼을 때 슬픔을 주고 떠난 사람.

헤어지자는 말 한마디에 세상이 모두 무너지는 것처럼 아팠고 살아가는 이유와 살아야 할 목적마저 잃어버렸다.

변하지 않았다. 하나도.

예전 모습 그대로였고 언제나 꿈속에서 나타나던 얼굴이었다.

불쑥 그의 이름이 자신도 모르게 튀어나왔다.

박강호!

하지만 그 말은 입에서만 맴돌았을 뿐 그녀는 자신도 모르게 본능적으로 몸을 숨겨야 했다.

여자가 있었다. 그의 곁에.

맑은 웃음을 지으며 박강호와 어깨를 나란히 한 채 걸어오는 사람은 늘씬한 몸매와 아름다운 얼굴을 가진 여자였다.

그녀는 나무 그늘에 숨어 계단을 걸어 올라가는 두 사람을 하염없이 바라보았다.

이것이었나.

복학을 하고도 자신을 찾아오지 않은 이유가.

정말 어울린다.

그리고 행복해 보였다.

자신도 모르게 천천히 눈물이 샘솟듯 흘러나왔다.

두려움 속에서도 그를 만나면 자신의 진심을 말하고 싶었다.

사랑이란 이름으로 그를 보듬고 여자라는 이름으로 그의 사람이 되려 했다.

잘못 봤다고, 다른 사람이라고 믿고 싶었다.

나를 사랑했던 박강호는 절대 다른 사람을 사귀지 않을 거라 믿었고 그러기를 간절히 원했다.

그러나 내가 보고 있다는 것도 모른 체 다른 여자와 함께 계단을 오르는 사람은 박강호가 분명했다.

그들의 모습이 사라지자 몸에 힘이 빠지며 바닥에 주저앉았다.

서러움에 겨운 눈물이 멈추지 않는다.

이 슬픔.

이 눈물을 어쩌란 말인가.

요즘 들어 마음이 무겁게 가라앉았다.

원인 모를 침잠.

민정혜와 일요일을 같이 보낸 후 그런 현상이 시작되더니 시간이 흘러도 바뀌지 않았다.

이유를 안다.

자신의 가슴속에 돌처럼 들어 있는 그 이유.

하지만 지금의 그로서는 아무것도 할 수 없었고 해서도 안 되는 일이었기에 생각이 날 때마다 한숨을 몰아쉬었다.

자신의 미래가 달린 이 시간은 너무나 소중해서 그 어떤 것도 방해하면 안 된다는 강박관념이 그를 내면 속으로 점점 빠져들게 만들었다.

박강호는 도서관에서 빠져나와 강의실로 들어서다 웅성거리는 학생들을 보았다.

과사무실 앞에 놓인 게시판이 있는 곳이었다.

무슨 일인지 궁금해서 가까이 다가가자 소란스러움이 가득했다.

거기에는 고홍준과 최현승도 포함되어 있었는데 박강호가 나타나자 귀신을 본 것처럼 눈을 부릅뜬 채 소리를 질러댔다.

그런 후 미친 듯 달려와 박강호를 끌어안았다.

"강호야, 이 새끼야!"

"왜 그래, 인마."

"축하한다."

"뭔 소리야?"

"네가 수석이다. 수석이라고!"

최현승이 질러대는 함성에 망치로 머리를 얻어맞은 것처럼 정신이 하얗게 비었다.

시험을 잘 봤다고는 생각했지만 수석이라니 믿어지지 않았다.

그랬기에 곧 자신을 끌어안은 최현승의 볼을 꼬집어 내리며 쓴웃음을 지었다.

놈들의 장난은 한두 번 당해본 것이 아니었다.

"거짓말하지 마."

"진짜야, 인마. 4.47로 수석이야."

"얼씨구, 이젠 말도 안 되는 증거까지 대는군."

"와, 미치겠네, 정 못 믿겠으면 네가 확인해 봐."

"정말이냐?"

"이 괴물 같은 놈아. 열심히 공부하는 줄은 알았지만 수석까지 할 줄은 꿈에도 생각지 못했다. 하여간 잔말 말고 오늘 술이나 사!"

이번에는 고홍준이다.

더군다나 두 놈이 똑같이 흥분된 모습을 하고 있어 장난으로 여겨지지 않았다.

그랬기에 친구들을 뒤에 매달고 천천히 게시판 앞으로 다가갔다.

후배들은 박강호가 다가오자 썰물 빠지듯 길을 비켜주며 축하한다는 인사를 해왔는데 그들의 얼굴도 이해가 되지 않는다는 표정을 짓고 있었다.

게시판에 붙어 있는 공고문에는 단 세 명의 이름이 적혀 있었다.

그리고 제일 상단에 박혀 있는 것은 분명 박강호의 이름이었다.

게시판 우측을 가득 채울 만큼 크게 붙여진 종이는 이번 시험에서 우수한 성적을 거둔 학생들의 이름이 화려하게 빛나고 있었다.

"미아리 가자."

"미친놈."

"왜 인마, 과 수석을 했는데 이럴 때 아니면 언제 술을 마셔!"

"술 마시면 되지 왜 미아리를 가. 말 같은 소리를 해."

"미아리에도 술 판다. 그리고 거기서 마셔야 술 맛이 나. 이런 날은 그런 곳에 가서 마셔줘야 해."

"나 돈 없다."

"이 구두쇠 같은 놈아."

"기말고사에서도 시험 잘 봐서 장학금 타면 그땐 거하게 쏜다. 그러니까 오늘은 매일식당이나 가자."

"안 돼, 오늘은 꼭 미아리 갈 거야. 돈이 없다면 우리가 낼 테니까 무조건 가. 외상 처리 해줄게."

"너 정말 왜 그래?"

"우리가 너 축하해 주고 싶어서 그런다."

"싫어, 안 가."

"인마, 내 똘똘이가 언제 목욕시켜 주냐고 난리야. 네 덕에 나팔 좀 불어보자."

고홍준은 막무가내였다.

거기에 최현승까지 고개를 주억거리며 맞장구를 쳤기 때문에 박강호는 난감한 표정을 지을 수밖에 없었다.

이놈들은 오늘 날을 잡은 모양이었다.

사내는 하기 싫은 일도 친구들 때문에 어쩔 수 없이 해야 하는 경우가 있다.

영혼이 뭉쳐야 빛나는 남자들의 세계니까.

놈들에게는 오늘이 그런 날인 게 분명했다.

그럼에도 미아리는 심하다.

그도 남자기 때문에 미아리에 대한 소문은 들은 적이 있다.

창녀촌.

그랬기에 싫다.

아무런 감정 없이 육체적인 욕구를 풀기 위해 창녀촌을 찾는다는 것은 참으로 못할 짓이라 생각해 왔다.

하지만 양팔을 잡고 이끄는 친구들을 뿌리치기에는 두 놈의 의지가 너무나 완강했다.

힘으로 한다면 뿌리치지 못할 리가 없다.

하지만 박강호는 끝내 놈들의 손을 뿌리치지 못했다.

수석은 자신이 했는데 친구들은 마치 저희들이 한 것처럼 기뻐하고 있었다.

축하를 해주고 싶어 하는 마음.

그 마음을 어찌 뿌리칠 수 있단 말인가.

미아리는 '미아리 텍사스촌'의 준말이다.

우리나라 최대의 창녀촌으로 오래전부터 남자들의 발길이 끊이지 않는 곳이었다.

물론 박강호는 한 번도 가보지 않았고 위치도 몰랐다.

관심조차 가지지 않았으니 당연하다.

더군다나 시골에서 올라와 서울에서 가본 곳은 용산과 노량진, 그리고 학교가 있는 흑석동뿐이었다.

하지만 고홍준과 최현승은 전력이 있었던지 조금의 망설임도 없이 버스에 올라탔다.

오래 걸렸다.

퇴근길이라 그런지 차가 많았고 그날따라 웬 승객들이 그리 많이 오르고 내리는지 버스는 좀처럼 움직이지 못했다.

그럼에도 놈들은 신이 나 있었다.

오랜만의 불량스러운 외출에 가슴이 설레는 모양이었다.

미아리에서 내린 그들은 1차로 삼겹살집에 들러 술을 마셨다.

본론으로 들어가기 전에 충분히 토론을 거쳐야 작전이 원활하게 돌아간다는 말도 안 되는 이유 때문이었다.

사실 그렇기도 하다.

미아리에서 배가 터지게 술을 마실 수는 없다.

일인당 금액이 정해져 있고 나오는 술도 기본으로 맥주만 몇 병이 나온다고 했으니 술고래인 놈들에게는 간에 기별도 안 갈 것이다.

낄낄거리며 최현승과 작전 계획을 수립하던 고홍준이 불쑥 입을 연 것은 박강호가 술잔에 담긴 술을 단숨에 마시고 탁자에 내려놓을 때였다.

"너 요즘 표정이 왜 그래?"

"내가 어때서."

"꼭 실연당한 놈처럼 빌빌대잖아. 내가 진즉 물어보고 싶었는데 이제야 묻는다. 말해봐. 도대체 뭣 때문에 그래?"

"아무 일 없어. 그냥 요즘 기분이 좀 가라앉아서 그렇게 보인 모양이다."

"아니야, 뭔가가 있어. 정혜 씨하고 잘 안 돼서 그러냐?"

고홍준의 질문에 술잔으로 향했던 박강호의 눈이 슬쩍 커졌다.

불과 일주일밖에 지나지 않았는데 친구 놈들은 벌써 그녀와 함께 있었던 것을 알고 있었다.

놈들이 안다는 것은 최상훈이 끼어 있다는 것을 의미하는 것이었다.

민정혜와 눈앞에 있는 두 놈의 연결 고리는 최상훈뿐이었다.

"정혜 씨는 나와 아무런 상관이 없는 사람이다. 자꾸 그 사람과 나를 엮으려 하지 마."

"내가 보기엔 괜찮던데 사귀어보지 그러냐."

"난 사랑 놀음 할 새가 없는 사람이다."

"어이구, 어련하겠어. 하긴 선아 같은 사람이 다시 나타난다면 모를까 네가 누굴 사귀겠냐."

최현승의 입에서 무심결에 결코 나오지 말아야 할 이름이 나왔다.

그랬기에 박강호는 담담함으로 가장했던 얼굴을 일그러뜨렸다.

놈의 입에서 윤선아의 이름이 나왔다는 것은 아직도 그녀의 근황을 알고 있을 가능성이 크다는 것을 의미하는 것이었다.

최현승은 말해놓고 급히 술잔을 들어 올려 입속으로 털어넣고 있었다.

말한 것을 후회하는 눈치였다.

"현승아, 하나만 묻자."

"뭔데?"

"선아가 근무한다는 은행, 어디냐?"

"그건 나도 몰라. 하지만 알 수 있는 방법은 있지."

"어떻게?"

"여진이하고 연락이 되거든. 가끔가다 서클에 놀러 오기도 해서 그 편에 소식도 들어."

"그럼 알아봐. 어디에 있는지."

"왜?"

"그냥, 궁금해서."

"아서라, 잘 있는 사람 흔들지 말고. 다시 사귈 생각이 있다면 모를까. 하긴 그것도 어렵겠다. 선아는 직장에서 인기 캡이란다. 따라다니는 놈들이 많아서 고생 중인가 보더라."

"사귀는 남자가 있다는 뜻이냐?"

"워낙 많은 놈들이 대시를 했었다니까 지금쯤은 누구와 사귈 가능성이 크지."

맞는 말이다.

그녀가 직장에 들어간 지 9개월이 지났다.

예쁘고 상냥했으며 다른 사람을 배려하는 자상함도 가진 그녀를 누가 좋아하지 않을까.

최현승의 대답에 가슴이 찡하게 아파왔다.

누군가와 사귄다는 말이 마치 비수에 찔린 것처럼 아프다.

"하여간, 알아봐 줘."

"오케이. 하지만 수수료는 줘야 해. 난 공짜로는 안 움직이는 놈이니까."

화려한 붉은 네온사인의 향연.

텍사스촌으로 들어서자 눈을 밝히는 각종 불빛들이 자극적으로 다가왔다.

그리고 다닥다닥 붙어 있는 가게마다 늘씬한 아가씨들이 민망한 옷을 입은 채 호객 행위를 하고 있었다.

고홍준과 최현승은 마치 유람하듯 그녀들의 적극적인 구애를 즐기며 거리를 천천히 걸었다.

길지만 좁은 길.

양옆으로 나 있는 가게의 창 안에서 그림처럼 앉아 있는 아가씨들의 모습은 마치 인형처럼 보일 정도였다.

신기했다.

그리고 호기심도 동했다.

도대체 저렇게 많은 여자들이 이곳에 있다는 게 눈으로 보면서도 믿어지지 않았다.

모두 아름답다.

사회에서 정상적으로 활동한다면 누구나 호감을 가질 정도로 그녀들은 늘씬했고 아름다웠다.

친구들은 골목을 한 바퀴 모두 돈 후 걸음을 멈추었다.

"여기가 좋겠다."

최현승이 선택한 곳은 중간 지점에 있는 집이었다.

놈은 자신의 스타일에 맞는 아가씨들이 쇼윈도 속에서 손을 흔들며 들어오라는 유혹을 거부하지 못한 채 다른 곳을 더 보자는 고홍준의 손길을 뿌리쳤다.

그들이 멈추자 가게에 있는 아가씨들이 부산하게 움직이기 시작했다.

여자들은 마치 잃어버린 서방이 돌아온 것처럼 열렬하게 환영을 해줬다.

마담으로 보이는 여자의 안내를 받아 들어간 방은 불과 다섯 평도 채 되지 않아 보였다.

일행이 자리에 앉자 익숙해진 손길로 상이 펴지고 곧이어 술

78 멋진 인생

과 안주가 펼쳐졌다.

워낙 오랫동안 장사를 했기 때문에 손님이 들어오면 마치 기계처럼 움직이도록 훈련이 된 것 같았다.

아가씨들이 들어왔고 술이 따라졌다.

1차에서 얼근하게 마셨기 때문에 일행은 거부감 없이 아가씨들이 따라주는 술을 받아들였다.

충격적인 일이 벌어진 것은 술잔이 모두 채워진 후 오늘의 즐거움을 위해 건배를 마친 후였다.

신고식이라는 이름으로 아가씨들이 한 행동들은 말로 표현하지 못할 정도였다.

병뚜껑 따기, 계란 넣어서 깨기 등 별별 묘기가 다 등장했다.

친구 놈들은 그것을 보면서 즐거움에 가득 찬 환호성을 질러 댔지만 박강호는 아무 말도 하지 못했다.

이런 세계라니.

오면서 대충은 들었지만 막상 눈으로 직접 보게 되자 말문이 막혀버렸다.

역겨웠다. 그러고 이곳에 온 것이 후회가 되어 미칠 지경이었다.

군대에 있을 때의 일이 갑자기 기억나면서 구역질이 치밀어 올랐다.

하지만 그것은 이곳에서 벌어진 일에 비하면 아무것도 아니었다.

자신의 옆에 있던 어린 아가씨가 전화가 왔다면서 박강호를 불러낸 것은 충격에 젖어 말없이 술잔을 계속 비울 때였다.

전화? 무슨 전화일까.

전화가 왔다는 말은 누군가가 자신이 여기에 있다는 것을 안다는 뜻이었다.

이해가 되지 않았지만 박강호는 얼떨결에 아가씨를 따라 자리에서 일어났다.

좁을 길로 그녀를 따라 걸어갔다.

전화기가 꽤 멀리 있다는 생각을 하면서 걸었는데 아가씨가 간 곳은 전화기 옆이 아니라 침대가 있는 작은 방이었다.

"여기가 어딥니까?"

"어디긴요. 우리가 연애할 방이죠."

"나는 무슨 소린지 전혀 이해하지 못하겠습니다."

"이곳에 처음 와본 모양이네요. 여기서는 다 그러는데……."

"전화가 온 게 아닌가요?"

"당연히 아니죠."

오히려 아가씨가 어이없다는 표정을 지었다.

그런 후 그녀는 바쁘다는 듯 자신의 옷을 벗기 시작했다.

윗옷이 벗겨지고 치마를 벗을 동안 박강호는 꼼짝하지 않고 그녀를 지켜보기만 했다.

그녀는 훌렁 겉옷을 벗어버린 후 속옷 차림으로 박강호를 재촉했다.

"뭐 하세요, 옷 안 벗으세요?"

"미안합니다. 나는 이럴 생각이 없습니다. 그러니 술 마시던

곳으로 돌아가겠습니다."

"친구분들도 전부 방에 들어갔을 텐데요?"

"그럼 난 집으로 가겠습니다. 나중에 친구들을 보면 먼저 갔다고 전해주세요."

"그냥 가도 계산은 해야 돼요. 그래도 괜찮아요?"

"계산은 할 겁니다. 신경 쓰지 않아도 됩니다."

제21장
재회

다음 날 오후.

강의실에서 만난 친구 놈들은 그냥 도망간 박강호를 향해
저주를 퍼부었다.

특히 고홍준은 절대 이해하지 못하겠다는 얼굴로 박강호를
향해 거품을 물었다.

"너 고자지?"

"이놈이 무슨 그런 흉악한 말을 해."

"그런데 왜 그냥 가. 너 군대 있을 때 해봤다며?"

"그건 내 의지가 아니었다."

"미친놈."

"그래, 좋았냐?"

"좋아서 죽을 지경이었다. 내 똘똘이가 너무 행복하다며 고맙다고 절을 하더라. 아마 당분간 나한테 꽉 숙인 채 충성을 다할 거다."

"푸하하."

고홍준의 넉살에 박강호의 입에서 유쾌한 웃음이 터져 나왔다.

생각이 다를 뿐 그가 하룻밤 외도한 것을 비난할 생각은 전혀 없었다.

남자니까.

남자라는 이름은 가끔가다 실수를 범하기도 하고 새로운 경험을 원하기도 한다.

나중에 그것을 후회한다 해도 말이다.

지켜만 보던 최현승의 손이 불쑥 내밀어진 것은 유쾌하게 웃던 박강호의 웃음이 멈췄을 때였다.

"야, 수수료 내놔."

"무슨 수수료?"

"네가 심부름 시킨 거 벌써 잊어버렸어?"

"아······."

빤히 쳐다보는 최현승의 시선에서 자신이 부탁한 내용을 기억한 박강호가 놀란 눈을 만들었다.

"벌써 알아냈어?"

"내가 부탁한 것은 빠르게 처리하는 사람이다. 안 줄 거야?"

"준다. 얼마면 되냐?"

"만 원."

전화 한 통 값으로는 비싸다.

하지만 박강호는 최현승을 향해 억울한 표정을 지으면서도 주섬주섬 주머니에서 돈을 꺼내 놈의 손에 쥐여줬다.

"선아는 남대문에 있는 본사에서 근무한단다. 궁금해서 그런데 혹시 찾아갈 생각이야?"

"그냥 궁금해서 물어본 거야."

"궁금해서 만 원이란 거금을 지불하다니 전혀 박강호답지 않아. 분명 뭔가가 있어."

최현승이 의심의 눈초리를 던졌다.

역시 친구 놈답다.

그동안 오랜 세월 같이 붙어 다니다 보니 최현승은 이상한 낌새를 눈치챈 것 같았다.

하지만 잘못된 판단이다.

놈은 박강호가 윤선아를 찾아갈 거라 생각한 것 같지만 그렇지가 않다.

자신의 마음이 결정되지 않았으니 그녀를 찾아간다는 것은 결코 쉬운 일이 아니었다.

민정혜가 다시 박강호를 찾아온 것은 이 주가 지난 일요일이었다.

그녀는 처음 만났을 때와 똑같은 행동을 하며 그를 기다리고 있었다.

같은 길을 걸어 도서관에 갔고 같은 걸음으로 계단을 내려
갔다.

그러나 밥을 먹으러 간 것은 아니었다.

"여긴 왜?"

박강호의 걸음이 커피숍 앞에서 멈춰지자 민정혜가 의아함
을 나타냈다.

하지만 박강호는 아무런 말 없이 커피숍으로 걸어 들어갔을
뿐이었다.

자리를 잡고 커피가 나오자 담담히 민정혜를 바라보던 박강
호의 입이 천천히 열렸다.

그동안 전혀 예상하지 못했던 박강호의 행동으로 그녀는 잔
뜩 긴장하고 있었다.

"정혜 씨, 저는 오늘 정혜 씨와 같이 있지 못할 겁니다."

"왜죠?"

"저번에는 정혜 씨에 대한 미안함 때문에 어쩔 수 없었지만
저는 이런 관계를 원하지 않습니다."

"이런 관계가 어떤 건데요?"

"저와 사귀기를 원하시는 것 아닌가요?"

"…맞아요."

"그래서 말씀드리는 겁니다. 저는 지금 여자를 사귈 생각이
전혀 없으니까요."

"알아요. 그래서 기다릴 생각이에요."

"아뇨, 기다리지 마세요."

박강호가 그녀의 말을 잔인하게 끊었다.

그러나 민정혜는 박강호를 똑바로 쳐다보며 고개를 흔들었다.

"기다리는 건 제 마음이에요. 그것까지 뭐라 하지 마세요."

"기다릴수록 정혜 씨는 아파질 겁니다. 그러니 그렇게 하지 마세요."

"난 도대체 이해할 수 없어요. 제가 그렇게 마음에 들지 않나요?"

"정혜 씨는 아름답고 매력 있는 여잡니다."

"그런데 왜요. 왜 나는 안 된다는 건데요!"

"나는 지금 머릿속에 공부만 들어 있습니다. 너무 실력이 부족해서 공부만으로도 벅찬 실정입니다."

"정말… 정말 그 이유 때문인가요?"

"그렇습니다."

"그것만이라면 기다릴 수 있어요. 알아요, 힘들 거란 거. 하지만 기다리지 않는 것이 더 힘들기 때문에 기다릴 생각이에요. 기다림이란 그 나름대로 희망이 있잖아요."

민정혜는 단호했다.

어디서 저런 용기가 나오는 것일까.

그러면서도 이해가 되지 않았다.

그와 그녀는 오랜 만남을 해온 사이가 아니었으니 저런 단호함은 쉽게 받아들이기 힘들었다.

공부라는 이유를 들었지만 그것만이 아니란 걸 박강호는 스스로 너무나 잘 알고 있었다.

아직 잊지 못하고 있는 그녀.

공부라는 핑계로 그녀가 보고 싶다는 것을 간신히 억누르고 있었다.

최현승으로부터 윤선아가 어디 있는지 알면서부터 흔들리는 마음을 감추지 못했다.

그런데 이렇다.

참고 참았으나 민정혜의 저런 모습을 보자 미칠 듯한 그리움이 솟아났다.

민정혜는 그동안 숨겨놓았던 윤선아의 모습을 간절하게 떠오르도록 만들었다.

그랬기에 그녀에게 차마 하지 못할 말을 꺼내야 했다.

"정혜 씨가 그렇게 말씀하시니 이제 솔직하게 말해야겠네요. 저한테는 하나의 심장만 있는 것 같습니다. 그래서 정혜 씨의 마음을 받아들일 수 없습니다."

"이해할 수 없어요. 쉽게 말해줘요."

"예전에 사귀었다는 사람이 있다고 말했죠. 제가 많이 상처를 주었고 아프게 만들었던 사람. 저는 아직도 그녀를 잊지 못하고 있습니다."

"헤어졌다고 했잖아요!"

"헤어졌다고 생각했습니다. 오랜 시간이 지났고 잘 지낼 거라 생각하며 나의 마음을 접으려 노력했습니다. 하지만 그렇게 되지 않아요."

"다시 찾겠다는 말인가요?"

"계속 고민해 왔는데 정혜 씨의 단호함을 보고 이제야 깨달았습니다. 저는 그녀를 찾고 싶습니다."

"강호 씨는 정말… 잔인하군요."

고개를 숙이는 민정혜의 눈에서 천천히 눈물이 솟아났다.

그런 후 자신의 손을 들어 얼굴을 가렸다.

사랑이란 이름으로 용기를 냈고 사랑이란 이름으로 아픔을 감추며 그리움을 이겨냈다.

그런데 사랑하는 사람은 다른 여자를 잊지 못한다고 잔인하게 말하고 있었다.

여기까진가, 진정 내 사랑은 여기가 끝이란 말인가.

윤선아는 학교를 다녀온 후 충격으로 이틀이나 회사를 결근했다.

아팠다.

너무 아파서 아무것도 할 수 없었고 모든 것이 부질없게 느껴졌다.

마음속에 언제나 간직하고 있던 사랑하는 사람.

그 사람을 이제 영원히 떠나보내야 한다고 생각하니 미칠 것처럼 두려웠고 괴로웠다.

회사에 출근해서도 며칠간은 나사 빠진 기계처럼 멍한 정신을 추스르지 못했다.

그토록 꼼꼼하고 철저했던 업무 처리도 실수가 잦았고 사람들에게 항상 보여주었던 웃음조차 찾을 수가 없었다.

직장 동료들은 무슨 일이냐며 물었지만 대답을 하지 못했다.

일과 사랑을 연결시켜 사람들에게 떠든다는 것은 바보 같은 짓이기 때문이다.

그럼에도 충격은 오래오래 식지 않았다.

그녀가 다시 활기를 되찾은 것은 일주일이 지나고부터였다.

삶이란 그렇다.

아파도 아픔을 감추고 살아야만 나머지 인생을 버틸 수 있다.

그때부터 황인규의 접근을 막지 않았다.

커피를 타 오면 맛있게 먹었고 산책을 가자고 하면 따라나섰다.

최영철의 데이트 신청도 받아들였다.

마음속에서 박강호를 지울 수만 있다면 어떤 것이라도 하고 싶었다.

"선아 씨, 오늘 뭐 해요?"

"특별한 약속은 없어요."

"그럼 저와 연극 보러 가실래요? 어쩌다 보니 재밌는 연극표가 생겼지 뭡니까. 요즘 장안에 화제가 되고 있는 연극이니까 보실 만할 겁니다."

자신의 말을 증명이라도 하듯 황인규가 연극표를 꺼내 들고 흔들었다.

그는 요즘 윤선아가 최영철과 두 번의 데이트를 했다는 사실을 알고 바짝 몸이 달아 있는 상태였다.

양다리를 걸치려는 의도는 없었다.

그저 이 아픔을 극복하려는 마음뿐이었다.

그럼에도 미안했다.

자신의 아픔 때문에 그들을 이용하는 것 같아 이럴 때마다 언제나 미안했다.

"어떤 연극이죠?"

"제목이 칠수와 만수라네요. 제목이 조금 촌스럽게 느껴지지만 보는 내내 웃음이 터지는 연극이래요. 아마, 재밌는 시간을 보낼 수 있을 겁니다."

"몇 시죠?"

"8시 시작입니다. 저녁을 같이 먹고 가시면 딱 맞아요."

"알겠어요."

"그럼 퇴근 후에 기다릴게요."

말을 끝내고 돌아서는 황인규의 표정은 세상을 다 가진 것처럼 밝았다.

오랜 기다림.

분명 그는 이날을 위해 비싼 돈을 들여 꼼꼼히 계획을 짰을 것이다.

뒤돌아 가는 황인규를 바라보는 윤선아의 표정이 어두워졌다.

과연 이래도 되는 것일까.

사람이 사람을 사귀다 보면 정이 든다고 들었다.

세월이 지나고 정이 들면 사랑이 싹트고 그때가 되면 누군가를 선택하면 된다며.

하지만 아니라는 생각도 들었다.

단순히 자신의 아픔 때문에 그들을 이용하는 것이라면 죄를 짓는 것이나 다름없다.

그들 또한 마지막 순간이 되면 많이 아파할 테니까.

박강호는 수업이 끝난 후 책을 도서관에 가져다 놓고 계단을 내려왔다.

오늘 오후 수업을 맡고 있는 민병학 교수님이 제주도에서 벌어지는 세미나에 참석했기 때문에 휴강이 되어 수업은 더 이상 없었다.

그의 걸음은 바빴다.

민정혜를 단호하게 돌려보낸 후 자신의 마음을 결정했다.

그리움.

그녀를 보고 싶다는 그리움을 해소해야 한다.

윤선아가 어떤 처지인지 알지 못했다.

남자를 사귈 수도 있었고 자신을 깨끗하게 잊어버린 채 행복한 삶을 살아갈 수도 있었다.

그럼에도 보고 싶었다.

멀리서 볼 수만 있어도 좋았고 만나서 차갑게 냉대를 당해도 괜찮다고 생각했다.

버스를 탄 후 한 번도 눈을 뜨지 않았다.

눈을 감고 그녀와 함께했던 추억들을 떠올리는 것으로도 버스를 타고 있는 시간이 너무 행복했다.

남대문까지는 그리 오래 걸리지 않았지만 그녀가 근무하는 은행까지는 10여 분을 걸어야 했다.

까마득하게 솟구친 빌딩들의 숲을 건너 천천히 걸었다.

두근거린다. 가슴이.

오랜 세월을 지나 사랑하는 사람을 찾는다는 건 두꺼운 심장을 가진 박강호에게도 긴장과 설렘을 주었다.

은행 건물은 높았다.

세보지는 않았지만 대충 봐도 30층은 훌쩍 넘을 것 같았다.

문을 열고 들어서자 말끔하게 정복을 입은 경비가 다가왔다.

"어디 가십니까?"

"전산실에서 근무하는 윤선아 씨를 만나러 왔습니다."

"어떤 관계시죠?"

"친굽니다."

"잠깐만 기다리세요. 확인해 보겠습니다."

경비는 데스크 쪽으로 가더니 전화기를 들고 뭔가를 이야기한 후 박강호에게 돌아왔다.

그의 표정은 뭔가 떨떠름한 기색이 담겨 있었다.

"윤선아 씨는 잠깐 자리를 비웠답니다. 같이 근무하는 여직원이 올라오라고 하시네요. 전산실은 13층에 있습니다."

"감사합니다."

엘리베이터를 타고 13층에서 내리자 양쪽으로 길게 뻗은 복도가 나타났다.

그리고 그 양쪽으로 부서를 알리는 명패들이 띄엄띄엄 설치된 것이 보였다.

침착하게 복도에 붙은 부서 위치도를 확인하고 오른쪽으로 방향을 잡고 걸었다.

전산실.

가볍게 들리는 컴퓨터의 소음과 바쁘게 움직이는 사람들의 모습.

박강호는 전산실 앞에 멈춰 서서 호흡을 깊게 골랐다.

이제 저 문을 통과하면 그토록 그리워했던 윤선아를 보게 될지도 몰랐다.

문을 열고 들어서자 이백 평이 훌쩍 넘을 것 같은 사무실이 눈으로 들어왔다.

사무실은 칸막이가 쳐져 있었고 수많은 사람이 저마다의 일에 빠져 정신없이 일에 몰두하고 있었다.

당황스러워 잠시 동안 움직이지 못했다.

일에 열중해 있는 사람들에게 사랑하는 사람을 찾겠다고 말을 묻는다는 건 쉬운 일이 아니었다.

다행스럽게 어정쩡한 모습으로 서 있는 박강호를 향해 여직원이 다가왔다.

그녀는 박강호를 확인하고 천천히 다가왔는데 뭔가 기대하는 얼굴이었다.

"혹시 윤선아 씨 찾아오셨나요?"

"예, 그렇습니다."

"친구라고 들었어요. 어떤 친구죠?"

"대학교 친굽니다. 오랜만에 얼굴을 보러 왔습니다."

"남자 친구라, 처음 들어보네요. 저는 선아하고 입사 동기인 이혜숙이라고 해요."

"만나 뵙게 돼서 반갑습니다. 그런데 선아는 어디 갔나요?"

"데이트 갔어요."

이혜숙의 얼굴에서 장난기가 섞인 묘한 미소가 떠올랐다.

그녀는 박강호와 사무적인 대화만 끝내고 싶지 않은 모양이었다.

그럼에도 이해가 되지 않았다.

지금은 근무시간인데 데이트를 하러 갔다는 말이 믿기지 않아 박강호는 얼굴에서 의아함을 떠올렸다.

"무슨 말씀이신지?"

"선아를 좋아하는 사람이 있어요. 선아는 지금 그 사람하고 휴게실에 갔거든요. 그러니까 데이트하러 간 거죠."

"그렇군요."

"어떡할까요. 제가 휴게실까지 안내해 줄까요?"

"아닙니다. 제가 찾아가 보겠습니다."

아침부터 가슴이 뛰었다.

이렇게 가슴이 뛰는 이유가 뭘까.

회사는 안정적이었고 생활은 어려움이 하나도 없었다.

윤선아는 아침에 일어나 세수를 하고 옷을 갈아입으면서 자신의 가슴이 뛰는 이유를 곰곰이 생각해 봤다.

도대체 뭘까?

이제 회사에 출근하면 교대하는 것처럼 찾아오는 두 남자가 있다.

자신을 좋아해 주는 남자들.

비록 그들에게 마음을 주지 않았지만 거부하지 않으면서 생겨나는 즐거움도 전혀 없는 건 아니었다.

그렇다 해도 이런 설렘과는 거리가 멀었다.

그들은 그녀의 가슴을 뛰게 만드는 존재가 될 수 없었기 때문이었다.

윤선아는 천천히 고개를 흔들며 출근을 했다.

은행의 업무는 오전이 바빴다.

아침에 출근해서 일에 몰두하는 사이 오전이 훌쩍 지나갔고 이혜숙과 함께 구내식당에서 점심을 먹었다.

오후가 되면서 조금 한가해지자 여지없이 황인규가 찾아왔다.

그는 접근을 허락하자 매일같이 시간만 나면 다가온다.

오늘도 그의 제의에 휴게실을 찾았다.

무기력함을 피하고 싶었다.

누군가와의 대화를 통해 자신의 무기력함을 무너뜨릴 수만 있다면 어떤 남자라도 상관없었다.

황인규의 얼굴에서는 웃음이 사라지지 않았다.

언제나 냉담하며 자신의 배려를 마다하던 윤선아가 언제부턴가 접근을 허락하자 세상을 다 가진 사람처럼 즐거워했다.

커피를 시키고 회사 이야기를 하던 황인규가 농담을 꺼냈다.

"선아 씨 옛날에 람보하고 코만도가 브룩쉴즈를 사이에 두고 경쟁을 벌였어요. 브룩쉴즈 아시죠?"

"유명한 영화배우잖아요. 남자들의 로망이라던데 맞죠?"

"네, 그 브룩쉴즈 맞습니다."

황인규의 표정은 장난기로 가득했다.

농담의 내용을 가만히 생각해 보니 지금 그녀를 두고 경쟁을 벌이는 인사팀의 최영철과 그가 생각나서 자신도 모르게 실소가 나왔다.

황인규는 그녀가 미소를 띠며 반응을 보이자 들뜬 음성으로 이야기를 계속했다.

"고민하던 두 사람은 내기를 했어요. 서로 상대방을 때려서 맷집이 좋은 사람이 브룩쉴즈를 차지하는 것으로 했죠."

"왜 하필이면 때리는 거로 했어요. 무섭게."

"둘 다 터프가이들이잖아요."

"아무리 그래도 그건 너무한 거 같아요."

"하여간, 람보가 먼저 코만도를 두들겨 패기 시작했어요. 찌

그러지고 날아가고 난리가 아니었죠. 람보가 힘이 보통이 아니잖아요."

"많이 아팠겠네요."

"코만도는 엉망이 되었어요. 얼마나 두들겨 맞았는지 온몸이 멍투성이였고 얼굴은 알아보지 못할 정도가 되었죠. 한참 후 드디어 코만도 차례가 되었어요. 코만도가 두 주먹을 쥐고 때릴 준비를 하면서 람보를 향해 다가왔어요. 코만도의 주먹은 그야말로 남산만 해서 한 대만 맞아도 죽을 정도로 컸어요. 그때 람보가 코만도를 빤히 쳐다보며 이렇게 말했어요."

"뭐라고요?"

"내가 졌다……. 고마, 브룩쉴즈는 니 가지라."

전혀 예상하지 못했던 답변에 윤선아의 입에서 유쾌한 웃음이 흘러나왔다.

요즘 유행하는 유머를 황인규는 멋들어지게 풀어내어 그녀를 배꼽 쥐게 만드는 데 성공했다.

윤선아는 얼마나 재밌게 웃었는지 허리를 접고 한동안 일으키지 못했다.

아마, 그것이 그에게 용기를 심어준 모양이었다.

"재밌죠?"

"예, 재밌어요."

"선아 씨, 주말에 뭐 하세요?"

"특별한 일은 없어요."

"그렇다면 우리 드라이브나 할까요. 요즘 청평의 정경이 너무나 아름답다고 해요."

"그건 좀……."

"웬만하면 같이 가요. 가서 바람 쐬고 돌아오면 다음 일주일이 행복해질 겁니다."

황인규가 간절한 눈으로 바라봤다.

그 눈에 들어 있는 간절함은 너무 커서 차마 마주 보지 못할 정도였다.

그랬기에 자신도 모르게 눈을 돌렸다.

다가오는 것은 그냥 두었으나 너무 가깝게 다가오는 것이 두려웠다.

이 사람은 그녀가 사랑하는 사람이 아니었다.

그때 누군가가 문을 열고 들어서는 것이 보였다.

박강호는 이혜숙의 말을 듣고 전산실을 나왔다.

데이트를 하러 갔다는 말이 가슴을 아프게 찔러 다리를 휘청이게 만들었다.

역시 그렇구나.

하긴 오랜 시간이 지났다.

그처럼 예쁘고 현숙한 여자에게 애인이 없다는 것은 말이되지 않는다.

그럼에도 먹먹하게 다가오는 충격은 쉽게 삭이지 못할 정도로 컸다.

망설여졌다.

행복한 시간을 보내고 있는 그녀에게 불쑥 나타나서 당황하게 만들지도 모른다는 걱정이 앞섰기 때문이었다.

엘리베이터 앞에서 한참을 망설였다.

어떻게 할까. 어찌하면 좋을까.

고민이 고민을 만들었고 갖은 생각과 변명이 떠올랐지만 쉽게 결정할 수 없었다.

엘리베이터 문이 누르지도 않았는데 갑자기 열린 것은 박강호가 눈을 감고 생각에 잠겨 있을 때였다.

문이 열리며 직원으로 보이는 남자가 내렸다.

엘리베이터는 위층으로 올라간다는 표시를 하고 있었는데 누군가가 위에서 누른 모양이었다.

자신도 모르게 걸음이 옮겨졌다.

여기서 엘리베이터를 타지 못하면 영원히 그녀를 볼 수 없을지도 모른다는 결심이 그동안의 고민을 털어내고 불쑥 터져 나왔다.

그래, 그녀에게 당황스러움을 줄 수도 있다.

하지만 나는 이대로 돌아가지 못한다.

애인이 있어도 상관없고 냉정하게 자신을 대한다 해도 어쩔 수 없다.

그녀를 보고 싶다는 마음이 있지 않은가.

어쩌면 그녀를 본 후 이 그리움이 칼날 같은 냉정함에 철저하게 찢어질지도 모른다.

그럼에도 만나야 한다.

미안했다는 말을 하고 싶었다.

그 한마디만 할 수 있다면 어떤 상황도 견뎌낼 수 있을 거라 생각했다.

휴게실이 있다는 23층에 내렸다.

대기업답게 휴게실은 외관부터 훌륭하게 치장되어 있었다.

창문을 통해 안에 있는 사람들을 봤다.

휴게실에는 20여 명이 앉아서 즐겁게 대화를 하고 있었는데 창가에서 윤선아가 어떤 남자와 있는 것이 보였다.

행복한 모습이다. 그러고 여전히 아름답다.

윤선아는 연신 웃음을 터뜨리고 있었다. 그 웃음은 예전에 사랑했던 그 모습 그대로였다. 단지 그녀의 모습을 확인한 것으로 자신도 모르게 눈물이 솟구쳐 올라왔다.

앞에 있는 남자는 어떤 이야기로 그녀를 저리 행복하게 만들고 있는 걸까.

그와 사귈 때 윤선아는 저렇게 행복해한 적이 별로 없었다.

그녀의 행복해하는 모습에 그동안의 생각이 저절로 움츠러들었다.

그랬기에 휴게실 앞에서 또 한참 동안 망설였다.

가까이 있었으나 그녀는 전혀 다른 세계에 있는 사람처럼 멀게 느껴졌다.

그래, 그렇구나.

저리 행복하니 더 이상 미련도 없다.

하지만 이대로 돌아가고 싶지는 않았다.

그녀의 행복을 잠시 깨는 한이 있더라도 그녀에게 잘 있었냐고, 그땐 정말 미안했다고 말해야 남은 인생에서 그녀를 지울 수 있을 것 같았다.

그랬기에 문을 열었다.

깨끗하게 모든 것을 정리하고 돌아갈 것이다. 치열한 나의 삶으로.

천천히 문을 열고 들어섰다.

마음을 정했으니 이제 아무것도 두렵지 않았다.

고개를 똑바로 하고 당당하게 걸었다.

욕을 먹어도 당당하게 대할 것이며 남자의 무시하는 눈길이 다가와도 떳떳하게 버틸 생각이었다.

하지만 문을 열고 들어섰을 때 다가온 윤선아의 눈이 거짓말처럼 자신에게 다가오자 그 당당함이 급격하게 식으며 미안함이 가슴을 채우기 시작했다.

그녀는 자신이 문을 열고 들어오는 순간부터 마치 못 볼 것을 본 사람처럼 눈을 부릅뜬 채 움직이지 못하고 있었다.

윤선아의 시선이 움직이지 못할 때부터 옆에 있던 남자도 자신을 바라봤다.

남자는 윤선아와 자신을 번갈아 보면서 의아함을 나타내고 있었다.

박강호는 오직 그녀만을 바라보며 걸었다.

그녀의 시선과 부딪치며 걷는 이 시간들은 마라톤의 종점까지 뛰어 온몸에 있던 힘이 다한 것처럼 힘들었지만 한 발 한 발 발걸음을 멈추지 않았다.

마침내 그녀가 그를 올려다보는 장소까지 다가간 박강호는 잠시 동안 아무 말도 하지 않다가 힘겹게 입을 열었다.

"선아야, 잘 지냈니?"

"…강호야."

그녀의 음성이 떨려 나왔다.

마치 귀신을 본 것처럼 그녀의 시선은 반가움과 두려움, 그리고 그리움이 뒤섞여 무슨 생각을 하는지 알 수 없게 만들었다.

"남자 친구와 함께 있는데 불쑥 찾아와서 미안해. 그래도 여기까지 와서 그냥 갈 수 없었어."

"아니야."

"응?"

"이 사람은 그냥 직장 동료야. 남자 친구 아니라고."

"선아 씨!"

옆에 있던 황인규의 입에서 놀란 음성이 튀어나왔다.

아직 애인이라고 말할 수는 없으나 다른 남자 앞에서 자신을 아무 상관없는 사람으로 말하는 그녀의 태도에 당황스러움을 느낀 것 같았다.

하지만 윤선아의 시선은 오직 박강호에게 향해 있을 뿐이었다.

"황 대리님, 자리를 비켜주세요."

"선아 씨, 저 사람 누굽니까?"

"제가 일어날까요?"

황인규의 질문에 그녀는 대답하지 않았다.

오직 단호함만을 보일 뿐이었다.

그 단호함에 황인규의 얼굴이 하얗게 변했다.

그러고는 이해하지 못하겠다는 시선을 남겨두고 박강호를 노려보며 천천히 자리에서 일어났다.

윤선아는 황인규에게 보여주었던 단호함을 금방 감추고 자리에서 일어나 커피를 뽑아 왔다.

그녀가 뽑아 온 원두커피의 진한 향기가 코끝을 자극해 왔으나 박강호는 미처 그것을 느끼지 못했다.

"오랜만이야."

"그래, 오랜만이지. 정말 오랜만이야. 여긴 어떻게 왔어?"

"널 보려고."

"나를… 왜?"

그녀의 질문에 박강호는 쉽게 대답하지 못했다.

하지만 곧 대답을 할 수밖에 없었다.

윤선아의 시선은 너무나 강렬해서 그의 가슴속에 있는 말을 끌어냈으니까.

"보고… 싶어서."

보고 싶어서… 보고 싶어서.

박강호의 대답에 윤선아의 눈이 스르륵 감겼다.

이 말을 얼마나 듣고 싶었던가.

수없이 많았던 불면의 밤 속에서 그녀가 늘 꿈꾸고 늘 듣고 싶었던 단어였다.

하지만, 그녀의 대답은 퉁명스러웠다.

"거짓말하지 마. 그냥 지나다가 들렀겠지."

"선아야……."

"나 시간이 별로 없어. 사무실에서 나온 지 오래되었거든. 말할 거 있으면 빨리 말해."

"그렇구나. 미안해."

"뭐가 미안한데. 넌 뭐가 자꾸 미안한 거야!"

"예전에 너한테 상처 준 거 꼭 사과하고 싶었다."

"그것 때문에 온 거야. 단지 그것 때문에……."

윤선아의 음성은 금방이라도 울음을 터뜨릴 것처럼 떨려 나왔다.

박강호를 보는 순간 십만 볼트 전류가 온몸에 흐른 것처럼 몸이 흔들렸다.

보고 싶었다는 말 한마디에 정신이 하얗게 비었고 그 한마디에 여기가 어딘지도 잊어버렸다.

하지만 그가 여자와 있었다는 사실이 기억나면서 정신을 차렸다.

정확한 마음과 사실을 알아야 대처를 할 수 있기 때문이었다.

하지만 박강호는 자신의 마음도 모른 채 그저 미안하다는 말을 했다.

예전 자신에게 상처를 준 것에 대한 미안함을 말이다.

원하지 않은 말이었다.

처음처럼 보고 싶어서, 그리워서, 아직도 사랑하기 때문에 찾아왔다는 말을 듣고 싶었다.

이를 악물었으나 자신의 육체는 말을 듣지 않고 기어코 눈에서 눈물이 새어 나오게 만들었다.

박강호의 입에서 그녀의 눈물을 막는 단어가 나온 것은 손수건을 꺼내기 위해 주머니에 손을 넣을 때였다.

"선아야, 난 너한테 많은 아픔을 주었어. 그래서 그 미안함을 지금까지 간직하며 살아왔다. 그땐 널 보내도 견딜 수 있을 거라 생각했어. 그러고 널 보내야 네가 행복할 거라 생각했지. 세월이 지나면 모든 것이 잊어질 거라 믿었다."

"…그런데?

"여기 오면서 너에게 다른 남자가 생겼을지 모른다는 생각을 했어. 네가 나에게 냉정하게 대할 수도 있다는 마음도 들었지. 하지만, 와야 했어. 너를 보고 싶다는 마음이, 아직도 너를 사랑하는 내 심장을 꺼내어 너에게 보여주고 싶었다. 그렇게 하지 않으면 죽을 것 같았으니까."

"너… 지금 나를 아직도 사랑하고 있다는 말을 하고 있는 거니?"

"그래, 사랑해. 예전해도 사랑했고 지금도 사랑한다. 너를 떠나보내고 미칠 듯이 후회했고 괴로웠다. 지금 너의 상황이 어떤

지 모르지만 꼭 이 말만은 전하고 싶었다."

"그 말 진심이야?"

"…그래."

"그런데 왜 이제 왔어!"

"어쩔 수가 없었다. 너에 대한 미안함이 너를 찾지 못하게 만들었어. 나를 많이 원망했다는 거 알아. 화내도 참을 거야. 때리면 맞아줄 각오가 되어 있다. 날 죽인다 해도 원망하지 않을게."

"그걸 말이라고 하니!"

"미안해, 선아야."

"내가 너 때문에 얼마나, 내가……. 흑흑."

참고 참았던 눈물을 윤선아는 더 이상 견디지 못했다.

얼굴을 가득 적신 눈물.

휴게실에 있던 사람들이 그녀를 힐끔힐끔 지켜봤어도 그녀는 눈물을 참지 못하고 엉엉 울었다.

마치 실연당한 사람처럼.

하지만 그녀의 눈물은 결코 슬픔 때문이 아니었다.

간절히 바랐고 간절히 사랑했던 사람에게서 듣는 고백은 세상에서 그 어떤 것보다 행복한 것이었으므로.

제22장
첫 키스

　윤선아의 울음은 오래갔다.

　그 앞에서 박강호는 그저 말없이 그녀가 울음을 그치기를 기다릴 수밖에 없었다.

　그녀가 울음을 그치고 손수건을 내려놓은 것은 거의 5분이 지난 후였다.

　윤선아의 눈은 다시 정상으로 돌아오면서부터 박강호를 노려보고 있었다.

　뭔가 화가 나는 것이 있는 것 같았는데 목소리가 날카로웠다.

　"그 여자 누구야?"

　"어떤 여자를 말하는 거니?"

"2주전 학교에서 너와 같이 걷던 여자 말이야."

"아… 너 학교 왔었어?"

"다른 소리 하지 말고 빨리 말해. 그 여자 누구냐고!"

갑작스러운 윤선아의 질문에 박강호의 머리가 팽이처럼 돌아갔다.

그가 여자와 같이 있었던 건 민정혜뿐이었다.

말하고 싶지 않았던 사실.

그럼에도 사실대로 말할 수밖에 없는 건 그녀가 이미 알면서 묻는다는 걸 간파했기 때문이었다.

"우리 자취방 주인 딸이야."

"주인 딸?"

"그래."

"주인 딸이 왜 너하고 같이 있어. 둘이서 어디 갔다 온 건데?"

"그날 영화를 봤어. 난 일요일이면 늦잠을 자고 영화를 보는데 그 사람이 날 찾아왔거든."

"사귀었어?"

"아니야, 그런 거."

"사귀지도 않았다면서 왜 같이 영화를 봐!"

"그 사람이 날 좋아한 것 같아."

"여자가 좋아하면 같이 영화 보냐?"

"그날은 어쩔 수 없었어. 내가 많이 미안하게 해서 거절하지 못했어."

"뭘 미안하게 했는데."

"좋아한다는 걸 그러지 말라고 상처를 줬어. 많이 아팠을 거야. 그런데도 찾아와서 밥을 먹자고 하더라. 같이 밥만 먹으려고 했는데 그 사람은 내가 일요일이면 영화 본다는 걸 알고 있었나 봐. 그냥 돌려보내기엔 너무 미안해서……."

"흥!"

"정말이야."

박강호는 쩔쩔맸다.

다른 여자와 있었다는 걸 안다는 것은 윤선아가 봤다는 걸 의미하는 것이었다.

화를 낼 만했고 많이 아팠을 것이다.

그랬기에 변명을 하면서도 똑바로 그녀의 눈을 쳐다보지 못했다.

"상당히 잘 어울리던데 왜 싫다고 했어?"

"내 가슴속에는 너밖에 없었으니까. 내 심장은 하나밖에 없어서 다른 여자를 사귈 수가 없었다."

"안 본 사이에 말도 많이 늘었네."

박강호를 노려보던 윤선아의 시선이 어느새 부드럽게 변해갔다.

자신만을 사랑해서 다른 여자를 거부했다는 말을 하는데 어떤 여자가 싫어할까.

그럼에도 그녀의 말에는 가시가 달려서 나왔다.

"그럼 계속 찾아오면 어떡할 거야?"

"여기에 오기 전에 그녀에게 다시 말했어. 다시는 찾아오지 말라고. 나는 사랑하는 사람이 있다면서 단호하게 돌아가라고 했다."

"정말 그랬어?"

"응."

"바보야, 왜 그렇게 말했어. 다른 변명을 말하지 그렇게 말하면 어떡해. 걔 많이 아팠겠다."

윤선아가 얼굴을 찌푸렸다.

어느새 그녀는 고운 심성을 여실하게 나타내며 민정혜의 아픔을 걱정했다.

정말 마음 하나는 천사처럼 예쁜 여자다.

"더 아프기 전에 그만두게 하고 싶었어. 그런데 왜 그날 학교 왔어?"

이번에는 박강호가 물었다.

계속해서 심문을 당하면서도 윤선아가 왜 학교에 오는지 궁금해서 견딜 수가 없었기 때문이었다.

그 질문에 윤선아는 말없이 박강호만 바라보았다.

수없이 많은 감정과 의미를 담은 채.

한참 동안 박강호를 바라보기만 하던 그녀의 입이 열린 것은 어색함을 감추려는 듯 커피 잔을 들었을 때였다.

"네가 복학했다는 소리를 듣고 두 번 찾아갔어. 처음에는 도서관을 뒤지다가 네가 없어서 그냥 돌아왔는데 두려워서 많이 기다리지 못했어. 네가 나를 모른 체할까 봐. 오랫동안 고민을 했어. 헤어진 남자를 찾아간다는 것에 대해서. 다른 여자를 사귈 수도 있었고 네가 냉랭하게 대하면 견딜 수가 없을 것 같아서 한참 동안 찾아가지 않았지. 하지만 끝내 견딜 수가 없었어. 네가 말한 것처럼 냉대를 당해도 네가 견딜 수 없도록 보고 싶었으니까."

"그렇구나."

"그런데 네가 어떤 여자와 같이 도서관으로 올라오더라. 그땐 정말 미치는 줄 알았어. 정말 괴로워서 집으로 돌아와 한숨도 자지 못했어. 네 말대로 잊으려 했는데 난 아직도 널 잊지 못했던 것 같아."

"넌 여전히 바보구나."

"그래, 그런가 봐."

"그런데 아까 그 사람 괜찮을까. 안색이 꽤 안 좋던데?"

"괜찮아. 넌 걱정하지 마."

"아까 사무실에서 여직원이 그 사람 널 많이 좋아한다고 했어."

"이젠 상관없어. 네가 찾아왔으니까 다시는 그 사람과 함께하지 않을 거야."

윤선아는 단호했다.

박강호를 향해 눈을 맞추며 그녀는 강하게 자신의 의지를 표현했다.

미안했다.

괜한 말로 그녀를 난처하게 만든 것 같아서.

그랬기에 박강호는 슬쩍 화제를 돌렸다.

"이제 들어가야 되지 않아? 나온 지 꽤 됐다며?"

박강호의 말에 윤선아가 자신의 시계를 봤다.

그런 후 놀란 표정을 지었다.

사랑하는 사람을 만나서 대화를 하다 보니 시간 가는 줄을 몰랐다. 사무실에서 나온 지 벌써 한 시간이 훌쩍 넘고 있었다.

"정말 그러네. 너무 오랫동안 나와 있었어. 강호야!"

"응?"

"이따가 퇴근 후에 보자. 내가 저녁 사줄게."

"어디서 만나지?"

"학교 앞 '베아체'에서 7시에 보자. 그때까지 넌 들어가서 공부하고 있어."

"알았다."

윤선아는 사무실로 들어서서 자신의 자리로 걸어갔다.

얼굴에는 웃지 않았는데도 미소가 걸려 있었고 표정은 더없이 밝았다.

이혜숙이 불쑥 다가온 것은 그녀가 의자에 앉았을 때였다.

"만났니?"

"누굴?"

"누구긴 누구야. 네 대학 친구 말하는 거지."

"응, 만났어."

"그 사람 정말 괜찮더라. 뭐 하는 사람이니?"

"복학해서 학교 다녀."

"그럼 우리랑 나이가 같은 거야?"

"맞아. 왜?"

"혹시 애인 있는지 알아?"

"얼씨구. 마음에 드냐?"

"그래, 한눈에 뿅 갔다. 그 남자 내가 꿈꿔온 내 스타일이야."

"걔 땡전 한 푼 없는 가난뱅이다."

"가난뱅이면 어때. 내가 벌어서 먹여 살리면 되지."

"얼씨구."

"그 사람 나 좀 소개시켜 주라."

"아서라, 걘 안 돼."

"왜 안 되는데?"

"걘 애인 있어. 아주 예쁜."

"정말? 누군데?"

"나."

"장난하지 말고!"

"정말이야. 그 사람 내 애인이야."

"너 죽을래. 나 소개시켜 주기 싫어서 그러는 거지!"

"이 바보야. 지금 내 표정 보면 모르겠어?"

윤선아가 웃음기를 싹 걷어내고 이혜숙을 바라봤다.

그녀의 표정이, 그녀의 눈이 박강호가 정말 그녀의 애인임을 나타내고 있었다.

그랬기에 이혜숙은 입을 쩍 벌린 채 한동안 말을 하지 못했다.

이혜숙의 입이 다시 열린 건 윤선아가 일을 하기 위해 책상 서랍에서 서류를 꺼내 들 때였다.

"야, 애인 있는 년이 왜 그동안 다른 남자를 만났어!"

"내 애인이 행방불명됐었거든. 이제 다시 돌아왔으니까 앞으로는 절대 그런 일 없을 거다."

"아이고, 미치겠네."

베아체는 학교 정문에서 100m 정도 떨어진 곳에 있는 경양식 집이었다.

돈가스가 전문이었고 싸고 맛있어서 윤선아와 자주 가던 곳이었다.

먼저 도착한 것은 박강호였다.

그녀가 보고 싶어 서두르다 보니 약속 시간보다 30분이나 빨리 도착했다.

백여 평의 홀은 사람들이 절반 정도 차 있었는데 창가의 좋은 곳은 이미 먼저 온 사람들이 차지하고 있어 그나마 조용한 중앙 쪽에 자리를 잡았다.

윤선아를 만나 마음속에 있던 말들을 모두 꺼내 버리자 가슴속에 무겁게 들어 있던 돌덩이들이 한꺼번에 빠져나간 것처럼 시원했다.

사랑은 용기가 있어야 된다는 말은 정말 훌륭한 명언이라는 걸 다시 한 번 깨달았다.

입구 쪽을 바라보며 윤선아가 오기를 기다렸다.

기다림이 즐겁다.

그토록 그리워했던 사람을 보게 된다는 기대감은 시간이 흐르는 걸 잊어버리게 만들었다.

그녀가 들어온 것은 정확하게 7시가 됐을 때였다.

회사에서 정복을 입고 있을 때와는 다르게 윤선아는 단아한 투피스를 입고 나타났다.

아름다웠다.

예전에는 그저 청초하게만 보였는데 나이가 들고 사회생활을 했기 때문인지 여자로서의 성숙미와 매력이 물씬 풍겨 나왔다.

윤선아는 문으로 들어와 두리번거리다가 박강호가 손을 드는 걸 확인하고 빠른 걸음으로 다가왔다.

"많이 기다렸어?"

"아니, 나도 방금 왔어."

"거짓말."

"정말이야."

"호호, 알았어. 그 거짓말 믿어줄게. 우리 뭐 먹을까?"

"돈가스 먹자. 예전처럼."

"맛있는 거 먹어도 돼. 나 돈 많이 벌거든."

"이 집은 돈가스가 맛있어. 그러니까 돈가스 시켜줘."

"알았어."

윤선아가 어쩔 수 없다는 듯 웨이터를 불러 주문을 했다.

하긴 박강호는 유독 이 집의 돈가스를 좋아했다.

불청객이 나타난 것은 웨이터가 주문을 받고 돌아설 때였다.

"돈가스 두 개 추가요."

놀란 눈으로 바라보자 고홍준과 최현승이 악마의 미소를 내보이며 다가오는 것이 보였다.

어디 갔다 왔냐며 추궁하는 놈들에게 어쩔 수 없이 윤선아를 만났다는 사실을 말했는데 이렇게 나타날 줄은 꿈에도 몰랐다.

"너희들 왜 온 거야?"

"배고파서."

뻔뻔하다. 그리고 한 치의 미안함도 없었다.

박강호가 난처한 눈으로 바라보자 윤선아가 밝게 웃는 것이 보였다.

"잘들 지냈어? 오랜만이야."

"그래 선아야, 우리는 잘 지냈지. 그런데 넌 더 예뻐진 것 같다."

"고마워."

고홍준의 말에 윤선아가 경쾌하게 대답했다.

그녀는 두 사람이 불쑥 나타난 것을 개의치 않는 모습이었다.

하지만 박강호의 표정은 그리 좋지 못했다.

"야, 돈 줄 테니 다른 데 가서 먹으면 안 되겠냐?"

"흥, 우릴 빼놓고 지들끼리 맛있는 거 먹겠다고. 나쁜 것들, 우린 그렇게 못 하겠다."

"왜?"

"견우와 직녀가 만나는 역사적인 현장인데 그냥 갈 수는 없 잖아. 현승아 사진기 챙겼지?"

"당연히 챙겼지. 필름도 두둑이 가져왔다."

"아이고, 이놈들아!"

어떡하든 내보내려고 했으나 놈들은 끄덕도 하지 않았다.

둘은 아예 작정한 듯 여기저기 돌아다니며 박강호와 윤선아 를 사진기로 찍었는데 별별 포즈를 다 만들면서 분위기를 잡 았다.

친구들의 마음은 알지만 아직 늦지 않았으니 주책이라기보 다는 과잉 친절에 가까운 짓이다.

놈들이 자리를 뜬 것은 돈가스를 모두 해치우고 난 후였다.

가면서도 그냥 가는 법이 없다.

"강호야, 너 알지. 견우와 직녀가 오랜만에 만나면 뭘 해야 되는지. 꼭 잊지 마라."

사랑하는 사람과의 시간은 화살처럼 지나갔다.

친구들이 간 후 두 사람은 그동안 살아왔던 이야기와 서로 의 감정을 이야기하며 사랑을 속삭였다.

아름다운 밤.

베아체의 조명이 아름다웠고 창가로 비치는 네온사인이 눈이 부실 정도로 황홀했다.

이 모든 것은 사랑하는 사람, 윤선아가 있기 때문이었다. 메마른 박강호의 인생에서 윤선아는 오아시스와 같은 존재였다.

두 사람이 베아체에서 일어난 것은 9시가 넘었을 때였다. 계속 같이 있고 싶었으나 이제는 그녀를 보내줘야 할 시간이었다.

하지만 그녀는 박강호와 헤어지기 싫어했다.

"나 오랜만에 너와 캠퍼스를 걷고 싶어."

"시간이 늦었는데 괜찮아?"

"응."

"그래, 그럼 조금만 걷자."

거리를 걸어 캠퍼스로 들어왔다.

혼자서 걷던 캠퍼스는 그동안의 외로움을 벗겨낸 채 어느새 천국으로 변해 있었다.

나무와 호수가 아름다웠고 건물들마저 어떤 예술 작품보다 멋지게 늘어서서 그들을 반겼다.

그들이 걸음을 멈춘 곳은 청룡상이 하늘을 향해 비상하는 호수였다.

벤치에 앉아 서로의 손을 꼭 잡고 사랑을 이야기했다.

미래도 이야기했고 자신의 꿈도 숨기지 않았다.

기다려 달라고 말했다.

그녀와 어울리는 남자가 되기 위해 피나는 노력을 하겠다고 약속했다.

윤선아는 말없이 그저 고개만 끄덕이며 박강호의 말을 듣기만 했다.

하지만 그녀의 시선과 표정에서는 박강호에 대한 믿음이 절절히 흘러나오고 있었다.

하늘에 뜬 별이 아름다웠다.

그들을 비추는 달빛은 너무 포근해서 마치 함께 이불을 덮고 있는 것처럼 안락함을 주었다.

함께 있음으로써 행복하다는 말.

그 말의 의미가 이렇게 절절하게 느껴질 줄은 꿈에도 생각하지 못했다.

호수 속에 비친 별과 달을 바라보며 두 사람은 서로의 손을 놓지 않았다.

영원히 꼭 쥐고 있겠다는 듯.

하지만 속절없이 흐른 시간은 그들을 헤어지도록 강요하고 있었다.

"선아야, 이제 갈 시간이야. 지금 가지 않으면 버스 놓칠지도 몰라."

"응, 알아."

"왜, 뭐 할 말 있어?"

"나 이렇게 그냥 보낼 거야?"

윤선아가 박강호를 빤히 쳐다보았다.

그녀는 말을 끝낸 후 멈칫거렸는데 뭔가를 기다리는 모습이었다.

그랬기에 박강호의 시선이 흔들렸다.

갑자기 고홍준이 베아체를 떠나면서 한 말이 기억났기 때문이었다.

견우와 직녀.

견우와 직녀는 일 년에 한 번씩 만나 사랑을 나눈다고 했던가.

그녀의 시선에서 그를 기다리는 것이 느껴졌다.

확인하고 싶은 마음.

여자로서 사랑하는 사람의 손길을 기다리는 것은 어쩌면 당연한 것인지도 모른다.

그랬기에 용기를 내어 박강호는 자신을 바라보는 윤선아의 얼굴을 향해 천천히 손을 올렸다.

그런 후, 조심스럽게 그녀의 머릿결과 얼굴 하나하나를 쓰다듬었다.

윤선아는 그의 행동을 아무런 거부 없이 고스란히 받아들이며 몸을 떨었다.

기다린다,

님의 손길을.

천천히 박강호의 얼굴이 다가오자 윤선아의 눈이 살포시 감겼다.

여자의 눈은 마음의 창과 같다.

키스를 하는 순간 눈을 감는 것은 자신의 마음을 숨기고 싶기 때문일 것이다.

박강호는 그녀를 입술을 향해 천천히 자신의 입술을 가져갔다.

처음으로 하는 키스.

그 긴장감으로 가슴이 두방망이질 치듯 떨렸으나 박강호는 멈추지 않았다.

윤선아의 입술은 그 어떤 것보다 부드러웠고 달콤했다.

키스를 해본 적은 없지만 본능적인 욕구는 원 없이 그녀의 입술을 탐했다.

이대로 영원히 시간이 멈추었으면 좋겠다.

언제까지나 그녀의 입술을 음미할 수 있도록.

윤선아를 되찾은 후 박강호의 삶은 더욱 치열하게 변했다.

사랑하는 사람을 행복하게 만들어주겠다는 약속을 지키기 위해서는 더욱더 뼈를 깎는 노력이 필요했다.

윤선아와는 한 달에 한 번만 만났다.

그녀가 미치도록 보고 싶었으나 공부를 위해서는 참고 견뎌 내야 했다.

윤선아는 박강호의 결정을 듣고 조금의 토도 달지 않았다.

자신을 위해서 싸우겠다는 남자의 신념을 꺾을 만큼 그녀는 어리석지 않았다.

가을이 되어 열린 축구 시합은 물론이고 축제 때도 박강호는 도서관을 지켰다.

그가 자신의 패턴을 변화시킨 것은 오직 하나, 영어 프리토 킹을 위해 학원을 다닌 것과 영국에서 온 스미스를 사귄 것뿐이었다.

스미스는 불현듯 다가온 박강호의 접근을 처음에는 주저했으나 그의 본심을 알고부터는 흔쾌히 대화에 응해주었다.

그런 시간들이 빠르게 흘러갔다.

학년 말 시험에서 박강호는 꿈으로 여겼던 전체 수석을 차지했고 4학년에 들어와서도 계속해서 수석을 놓치지 않았다.

무섭도록 파고드는 그를 누구도 이겨낼 수 없었다.

아이큐는 최고가 아닐지 모르나 그의 신념과 노력은 누구도 이겨내지 못할 만큼 지독했다.

졸업이 코앞으로 다가왔으나 박강호는 도서관을 벗어나지 못했다.

천하그룹은 물론이고 재계 서열 10위 안에 드는 회사들은 모두 연말이나 되어야 신입 사원을 뽑기 때문이었다.

마음은 답답했으나 어쩔 수 없었다.

복학을 후반기에 했기 때문에 7월에 졸업하는 처지가 아쉬울 뿐이었다.

졸업 날짜가 정해지자 박강호는 오랜만에 집으로 전화를 걸었다.

사돈에 팔촌을 통틀어 대학을 간 사람은 박강호뿐이었기 때문에 부모님은 무슨 일이 있어도 졸업식에 오시겠다며 성화가 대단하셨다.

졸업식.

4년간의 파란만장했던 청춘을 모두 마무리하는 날이었다.

누구보다 열심히 살아왔지만 졸업식을 대하는 박강호의 얼굴은 밝지 못했다.

부모님을 뵐 낯이 없었다.

자신을 자랑스러워하며 언제나 믿음을 주었던 분들에게 당당히 취직된 모습을 보여 드리지 못한 것이 너무 죄송스러웠다.

상황이 그렇게 될 수밖에 없었다는 것은 변명에 지나지 않았다.

부모님은 아무것도 모르시기 때문에 기업의 사정에 대해서 말해봤자 오히려 걱정만 더하실 것이다.

집을 나서며 양복을 입었다.

양복은 졸업식에 입어야 한다며 윤선아가 우겨서 맞춰준 것이었다.

넥타이를 매고 학과 사무실로 가서 졸업식에 입을 학사모와 가운을 받았다.

언젠가는 졸업하게 될 것이라고 생각했지만 막상 학사모를 받아 들자 가슴이 먹먹해졌다.

윤선아는 회사에 휴가를 내고 새벽부터 찾아왔는데 박강호가 학사모와 가운을 입은 모습을 보고 멋있다고 수선을 피우며 연신 사진기의 셔터를 눌러댔다.

그걸 그냥 두고 볼 고홍준과 최현승이 아니었다.

"야, 눈꼴시다. 인마, 저쪽 가서 놀아!"

"네 애인은 아직 안 왔냐?"

"곧 올 거다. 예쁘게 단장하느라 늦는 거니까 걱정하지 마라."

"그놈 참 신경질은."

고홍준은 김미수와 일 년 전부터 사귀기 시작했는데 그녀가 도착하지 않아 신경이 날카로워진 것 같았다.

하지만 더욱 입이 튀어나온 것 최현승이었다.

놈은 3개월 전에 애인과 헤어졌기 때문에 졸업식을 솔로로 보낼 팔자였다.

"야, 이 자식들아. 너희 둘 다 내 눈앞에서 사라져!"

부모님은 아들의 졸업식에 오기 위해 새벽부터 서두르셨을 것이다.

학교 정문을 향해 박강호는 윤선아와 함께 걸어 내려갔다.

윤선아는 부모님을 뵙게 된 것이 무척이나 긴장되는 모양이었던지 말수가 급격하게 적어졌다.

"너무 걱정하지 마. 우리 부모님은 성격이 온화하신 분들이야. 그러니까 너를 무척 예뻐하실 거다."

"그럴까?"

"당연하지."

"그래도 불안해. 혹시 나 때문에 너 취직 못 했다고 생각하실지도 모르잖아."

"말도 안 되는 소리 하지 마. 그게 왜 네 탓이야?"

"옛날 분들은 여자가 공부의 최대 적이라고 생각하신단 말이야."

"걱정도 팔자네. 그런 분들 아니셔."

"하여간 잘 좀 말해줘. 오해하지 않으시도록."

윤선아는 박강호의 위로에도 불안감을 멈추지 못하며 먼 길로 시선을 던졌다.

사랑하는 사람의 부모님에게 잘 보이고 싶은 여자의 마음이 그녀의 불안감을 멈추지 못하게 만드는 것 같았다.

부모님이 택시에서 내리신 것은 박강호가 정문에서 10여 분 기다린 후였다.

뛰었다.

가운이 뛰는 걸 방해했으나 박강호는 달려가 어머니를 끌어안았다.

언제나 보고 싶었던 어머니, 그리고 아버지.

공부를 한다는 핑계로 명절까지 내려가지 않았기 때문에 부모님을 뵌 지가 벌써 8개월이 지났다.

아버지는 허름한 양복을 입으셨고 어머니는 큰형이 결혼할 때 맞췄던 옛날 한복을 입고 오셨다.

낡고 바랜 옷들.

그 옷을 입은 부모님의 모습을 보자 눈물이 핑 돌았다.

두 분의 손을 잡고 정문에서 기다리고 있는 윤선아에게 걸어갔다.

"아버지, 제가 좋아하는 사람입니다. 선아야, 인사드려, 부모님이셔."

"안녕하세요, 윤선아라고 합니다."

의외였을 것이다.

윤선아의 인사를 받은 부모님은 놀란 표정을 지으셨는데 박강호가 한 번도 말한 적이 없었기 때문이었다.

하지만 곧 부모님은 어색하게 윤선아의 인사를 받았다.

아버지는 아무 말씀 없으셨으나 어머니는 달랐다.

"어휴, 예쁘기도 해라. 서울 사람인가?"

"예, 어머니."

"강호 이놈이 무척 무뚝뚝한데 잘해주는지 모르겠네."

"잘해줘요. 강호 씨가 보기보다는 자상한 면이 있어요."

"자네도 이번에 졸업하나?"

"아니에요, 저는 벌써 졸업해서 회사에 다니고 있어요."

"아, 그래? 어디?"

"한성은행에 다녀요, 어머니."

"거긴 좋은 데잖어. 얼굴만 예쁜 줄 알았더니 공부도 잘했던 모양이구먼."

"아니에요."

"그래, 부모님은 다 계시고?"

"예, 아버지는 공무원이시고 어머니는 집에서 살림하세요."

"집안도 좋네."

윤선아의 대답에 어머니의 밝았던 목소리가 한풀 꺾였다. 여자의 집안이 좋다는 것이 아무것도 없는 당신의 처지를 생각나게 한 모양이었다.

힐끔 아버지를 바라보는 시선과 표정에서 어머니의 마음이 확연하게 느껴졌다.

그랬기에 박강호가 중간에서 나섰다.

"곧 졸업식이 시작돼요. 이젠 올라가세요."

졸업식은 그리 오래 걸리지 않았다.

수많은 부모들과 애인, 그리고 친구들이 보는 앞에서 진행된 졸업식은 그저 보여주는 행사에 불과한 것이었다.

의자에 앉아 있으면서 박강호는 또다시 아쉬움을 감추지 못했다.

부모님들께 단상에 올라가 상을 받는 모습을 보여 드리지 못한 것이 또 한 번 그의 마음을 옥죄었다.

3, 4학년의 성적만이라면 분명 자신은 저 단상에 올라가 화려하게 치장된 복장을 입은 총장 앞에서 당당하게 상을 받았을 텐데 1, 2학년의 성적이 너무 안 좋았기 때문에 그렇게 되지 못했다.

식이 끝나고 부랴부랴 부모님이 계신 곳으로 돌아왔다.

윤선아도 걱정이 되었지만 낯선 환경에서 계셔야 했을 부모님이 더욱 걱정되었다.

출입구로 나와 부모님을 찾았을 때 아버지는 여전한 침묵으로 서 계셨고 어머니는 윤선아를 향해 연신 뭔가를 묻고 계셨다.

"다 끝난 거냐?"

"예, 아버지."

아버지는 두 여자의 대화에 끼지 못하고 멀거니 서 계시다가 박강호가 나타나자 반색을 하셨다.

평생 살아오신 성격이 그렇다.

누군가를 아파하게 하지 못하셨고 자식들에게까지 화 한번 내지 않으셨던 아버지는 말수가 별로 없는 편이었으니 사람들 숲에 섞여 홀로 계셔야 했던 이 상황이 꽤나 힘들었을 것이다.

대강당을 벗어나 캠퍼스 곳곳에서 사진을 찍었다.

가운과 학사모를 벗어 입혀 드리자 웃음이 별로 없던 아버지는 기쁨으로 평소에는 보기 어려웠던 웃음을 활짝 지으셨다.

자식 여섯을 키우며 모진 고생을 하신 아버지의 얼굴에 핀 고랑 같은 주름이 사진을 찍는 박강호의 가슴을 아프게 만들었다.

어머니는 아버지와 다르게 눈물을 보이셨다.

당신의 뱃속으로 난 자식이 좋은 대학교를 졸업해서 이런 호사를 누린다며 어머니는 눈물을 숨기지 않으셨다.

부모님과 함께 점심을 먹었다.

워낙 사람들이 한꺼번에 쏟아져 나왔기 때문에 주변 식당은 모두 만원이라 윤선아의 안내로 용산까지 나가야 했다.

식사를 마치자 부모님은 더 이상 계시지 않으려 했다.

집이 걱정된다는 핑계를 대었지만 서울이 낯설었고 윤선아의 존재가 눈치 보였기 때문이었다.

"강호야, 취직은 걱정하지 마라. 공부 열심히 했으니까 곧 좋은 일이 있을 거다."

아직 취직이 되지 않았다는 말이 마음에 걸리셨는지 아버지는 택시를 잡으며 박강호를 위로해 주셨다.

안다, 아버지의 마음을.

언제나 한결같은 마음으로 자식을 믿어주셨던 아버지는 가슴에 걱정을 숨긴 채 저런 말씀을 하시는 것이 분명했다.

아프다. 그리고 고마움에 눈물이 나온다.

그러나 더 슬픈 것은 아버지가 맛있는 것 사 먹으라며 손에 쥐여주신 돈이었다.

받았다.

이 돈이면 아버지가 즐겨 드시는 막걸리를 수십 병도 더 살 수 있다는 것을 알면서도 박강호는 말없이 그 돈을 받고 고맙다며 인사를 했다.

조심해서 돌아가세요. 아버지, 어머니.

곧 돌아가겠습니다. 멋진 모습으로.

시간은 화살처럼 지나간다.

뚜렷한 목표를 정하고 미친 듯이 살아가는 사람에게는 더욱 그렇다.

박강호는 펼쳐진 신문을 본 후 천천히 눈을 감았다.

신문에는 천하그룹의 신입 사원 공채 공고가 전면을 차지한 채 게시되어 있었다.

눈을 감자 가슴이 떨려왔다.

이 순간을 기다리며 3년이란 시간을 보냈다. 후회가 남지 않을 시간들을.

결과는 장담할 수 없었으나 두려움 대신 전의가 불타올랐다.

불꽃처럼 살겠다는 다짐을 한 번도 잊은 적이 없다.

최선을 다해 살아왔고 앞으로도 그렇게 살 것이니 나는 아무것도 두렵지 않다.

제23장

천하그룹

　도서관을 나와 길을 걸어 버스 정류장으로 향했다.

　가방에는 시험에 필요한 자료를 잔뜩 넣었기 때문에 꽤나 무거웠다.

　여유 있게 나왔어도 고사장으로 정해진 S대학에 도착하면 기껏 한 시간이 남을 뿐이었다.

　그럼에도 그동안 공부했던 자료들을 바리바리 싸 들고 온 것은 마지막 순간까지 한 글자라도 더 보기 위함이었다.

　일요일의 아침은 여전히 한산했지만 박강호에게는 다른 일요일과 전혀 다른 세상이 보이고 있었다.

　결전의 날.

　천하그룹이 신입 사원을 뽑기 위해 공채 시험을 보는 날이 바로 오늘이기 때문이었다.

어제는 일찍 집으로 돌아가 푹 자려고 노력했으나 쉽게 잠을 이루지 못했다.

오랜 세월을 바라온 꿈이 시작된다고 생각하니 생각이 꼬리를 물었고 그동안 공부했던 것들이 머릿속을 뱅뱅 맴돌았다.

버스에서 내려 S대학에 들어서자 긴장감으로 입술이 말라왔다.

S대학의 정문에 걸려 있는 커다란 현수막에는 이곳이 천하그룹의 미래 인재를 뽑는 곳이라는 것을 알려주는 문구가 당당하게 적혀 있었다.

'천하그룹의 미래, 당신의 도전을 환영합니다.'

그래, 도전이다.

두려움 없는 마음으로 천하그룹에 입사하기 위해 3년이란 시간을 보냈으니 힘든 도전이 맞다.

커다랗게 숨을 들이쉰 후 고사장을 향해 걸음을 옮겼다.

이제 이 몇 시간으로 운명이 결정된다.

천하그룹은 00명을 뽑겠다는 공고를 냈다.

정확한 인원을 제시하지 않은 것은 지원자들의 능력을 보고 판단한다는 뜻이었다.

더군다나 00명이라는 의미는 많아야 수십 명 내외라는 걸 의미하는 것이었다.

워낙 경기가 안 좋은 상태였기 때문인지 신입 사원을 뽑는 숫자가 예년에 비해 훨씬 적었다.

자신에게 배정된 고사장을 찾아 들어가며 박강호는 속으로 놀라움을 숨기지 못했다.

고사장의 숫자는 셀 수 없이 많았는데 그곳으로 엄청난 젊은이들이 입장하고 있었다.

이 정도 경쟁률이라면 대충 잡아도 수백 대 일은 충분히 넘을 것 같았다.

가지고 온 자료를 빠른 속도로 훑어 내렸다.

과목마다 정리한 자료가 방대했으나 속독으로 읽어 내려가며 마지막 시간을 보냈다.

강의실 문이 열리고 멋진 양복을 입은 천하그룹의 직원들이 들어온 것은 박강호가 시험 준비를 위해 자료를 가방에 넣을 때였다.

들어온 사람은 셋이었고 그중 나이가 들어 보이는 사람이 단상으로 올라왔다.

"여러분, 저는 천하그룹 인사팀에서 근무하고 있는 백동혁 과장입니다. 지금부터 시험에 관한 주의 사항을 말씀드리겠습니다……."

백동혁의 주의 사항은 오래 걸리지 않았다.

답안지의 작성 요령과 시험 시간의 준수, 커닝하는 사람에 대한 처리에 관한 것이 주였고 마지막 말은 건투를 바란다는 것이었다.

시험지가 나누어졌고 인사팀의 직원들은 삼각형 형태로 자리를 잡은 채 부정행위를 감시했다.

그들을 신경 쓰지 않았다.

지금은 온 정성을 기울려 오직 답안지를 채워 나갈 뿐이었다.

"자기야, 잘 봤어?"

"나쁘지는 않은 것 같아."

고사장을 빠져나오는 박강호를 보자마자 윤선아가 급하게 물어왔다.

오랜 기다림.

사랑하는 사람을 오랫동안 볼 수 없었던 그녀는 기대와 흥분으로 결과에 대한 궁금증을 참지 못했다.

박강호의 대답을 들은 윤선아의 긴장했던 얼굴이 조금 밝아졌다.

나쁘지 않다는 것은 박강호의 성격으로 봤을 때 잘 봤다는 것을 의미하는 것이기 때문이었다.

그럼에도 조심스럽다.

워낙 전국에서 날고 긴다는 사람들만 응시하는 시험이었기에 결과가 어떻게 나올지 알 수 없었다.

천하그룹.

모든 젊은이들의 꿈.

그것을 위해 초개와 같이 자신의 청춘을 던진 사람들이 얼마나 많을 것인가.

새삼 박강호의 얼굴이 평소보다 안돼 보였다.

워낙 오랜 시간을 도서관에서 보냈기 때문인지, 아니면 시험을 보면서 모든 심력을 쏟아부었기 때문인지 박강호의 얼굴은 지친 기색이 역력했다.

그랬기에 윤선아는 더 이상 시험에 대한 질문을 하지 않았다.

"그동안 고생했어. 가자, 맛있는 거 사줄게."

"어디로 갈까?"

"우리 대학로 가자. 거기서 맛있는 것을 먹고 연극도 보면 좋겠어. 어때?"

"좋아. 그렇게 해."

시험이 끝난 지 시간이 꽤 지났지만 머릿속에는 온통 시험문제도 가득 차 있었다.

윤선아가 위로를 해주겠다며 제안을 해온 것이 자신도 모르게 한 귀로 흘러 나갔다.

이제 남은 것은 결과뿐이다.

필기시험에서 우수한 성적을 받아야만 면접 자격이 주어지기 때문에 한참이 지난 지금에서야 뒤늦게 가슴이 쿵쾅거리며 뛰었다.

대학로.

젊은이들의 고향이라 불리는 곳이었다.

수많은 젊은 청춘들이 쏟아져 나와 거리를 거닐며 낭만을 즐겼고 마로니에 광장에 앉아 사랑을 속삭였다.

박강호는 팔짱을 껴온 윤선아의 손길을 느끼며 거리를 걸었다.

불편했으나 참았다.

윤선아는 뭐가 그리 즐거운지 가슴을 밀착시키며 연신 말을 붙여왔지만 박강호는 그저 듣기만 했다.

그토록 유명한 대학로였지만 처음 와봤기 때문에 그녀와의 대화가 매끄럽지 못했다.

그들은 맛집이라 알려진 가게에서 비빔밥을 먹고 난 후 또다시 길을 걸었다.

소극장은 큰길가에서 한참을 올라가야 했기 때문에 자연스럽게 걸으며 데이트를 했다.

윤선아의 걸음은 수시로 멈춰졌다.

길거리 한편에서 바이올린을 연주하는 사람의 곁을 쉽게 떠나지 못했고 기타를 치며 노래하는 사람들에게는 흔쾌히 지갑을 열었다.

"저 사람들도 먹고살아야지."

윤선아의 말에 박강호는 쓴웃음을 지었다.

세상을 살면서 오직 하나의 목적만을 바라보고 살아온 자신은 다른 사람을 먼저 생각하는 배려심을 배우지 못했다.

오늘도 또 하나를 배운다.

내가 하지 못한 것을 한 후 아무렇지 않은 듯 돌아서는 윤선아의 뒷모습이 너무나 아름다웠다.

무엇을 볼 것인가 한참을 돌아다니다가 고른 것은 '맞선'이란 제목의 연극이었다.

날씨는 추웠고 길거리를 돌아다니며 데이트를 했기 때문에 아무렇게나 결정한 것은 아니었다.

윤선아는 재밌게 보이는 많은 연극들을 뒤로하고 '맞선'이란 연극을 보자고 박강호에게 제의를 해왔는데 꼭 보고 싶어 하는 얼굴이었다.

그랬기에 고개를 끄덕거렸다.

데이트에서 주도권은 여자에게 쥐여줘야 인생이 편하다는 것 정도는 안다.

표를 끊고 들어가자 20명 남짓의 관객들이 자리를 차지하고 있었다.

그야말로 소극장이다.

좌석을 전부 합해봐야 겨우 60석에 불과했고 무대의 규모도 다섯 평이 넘지 않았다.

무대를 가렸던 커튼이 열리며 주인공 여자가 열심히 화장하는 것으로부터 연극은 시작되었다.

연극의 내용은 제목 그대로 맞선에 관한 것을 코미디 요소를 곁들여 풍자적으로 보여주는 것이었다.

연극에는 현실에서 벌어지고 있는 결혼에 대한 여자와 남자의 생각이 고스란히 담겨 있었다.

재밌었다.

여자가 남자에게 원하는 것들이 무엇인가를 알려주었고 반대로 남자가 원하는 것들도 적나라하게 나타났다.

박강호가 미처 생각하지 못했던 세상이었다.

그저 사랑만 있으면 결혼을 할 수 있다고 생각했는데 연극은 그의 생각이 한참이나 잘못된 것이라는 걸 알려주고 있었다.

"재밌지?"

"웅. 그런데 정말 저럴까?"

"연극은 현실에서 벗어나면 관객들에게 호응을 얻지 못해. 그래서 연극을 하는 사람들은 여러 사람들의 생각과 의견을 들어서 시나리오를 써."

"요즘 여자들의 생각이 그렇다는 뜻이구나. 그렇다면 나 같은 놈은 결혼하기 힘들겠다."

"강호 씨는 내가 있잖아."

윤선아가 예쁘게 웃으며 박강호를 바라봤다.

그녀는 언제부턴가 박강호를 향해 존칭을 붙여주고 있었다.

마음이다. 내 사람이란 마음이 가슴속에 있다면 그렇게 된다.

그랬기에 박강호는 그녀가 존칭을 붙이는 걸 거부하지 않았다.

그도 마찬가지였기 때문이었다.

내 사람. 내 여자. 윤선아는 나에게 소중한 여자였다.

"선아는 아무리 생각해도 바본 것 같아. 아무것도 없는 나를 좋아하는 걸 보면."

"바보 맞아."

"그렇다고 그렇게 솔직히 말하면 어떡해?"

"나한테 잘하라고 하는 말이야. 까먹을까 봐."

"알았어. 잘할게."

"연극에는 나오지 않았지만 남자는 결혼 전과 후가 무척 다르다고 하더라."

"어떻게 다른데?"

"결혼 전에는 간까지 빼줄 것처럼 하다가 결혼 후에는 언제 그랬냐는 듯 행동을 싹 바꾼다는 거야."

"예를 들면?"

"에잇, 그걸 어떻게 말해. 그렇다는 거지."

"걱정하지 마. 난 잘할 테니까."

"강호 씨, 나랑 결혼할 거야?"

"응."

"정말?"

"당연하지. 그런데 질문이 이상하다. 설마 나하고 결혼하지 않으려고 했어?"

"아니, 그게 아니고……."

윤선아의 얼굴이 박강호의 질문에 급격하게 어두워졌다.

요즘 들어 부모님의 성화가 장난이 아니었다.

그녀의 나이는 이제 며칠만 지나면 29살이 되기 때문이었다.

29살이면 결혼 적령기가 넘은 나이였다.

이미 대학 친구들의 대부분은 결혼한 상태였고 아이가 있는 친구들도 여럿이었다.

그런 상황이었으니 그녀의 부모님은 연신 사진을 들고 와 맞선 보길 강요하고 있었다.

박강호가 의아함을 나타낸 것을 말끝을 흐리는 윤선아의 표정이 좋지 못하다는 걸 느꼈기 때문이었다.

"무슨 일 있어?"

"강호 씨, 나 요즘 힘들어. 부모님 때문에."

"부모님이 왜?"

"자꾸 선을 보라고 성화라서."

전혀 생각지도 못했던 말이 그녀의 입에서 나오자 박강호가 입을 벌린 채 말을 잇지 못했다.

맞선.

맞선이란 자신이 아닌 다른 남자와 그녀가 결혼을 전제로 만난다는 뜻이다.

오늘 본 연극의 제목도 '맞선'이다.

윤선아는 자신의 처지 때문에 '맞선'이란 연극을 보고 싶어 했던 것일까?

그건 안 된다는 말이 목구멍까지 치밀어 올랐으나 박강호는 끝내 그 말을 하지 못했다.

아무것도 없는 지금의 상황으로서는 윤선아에게 해줄 수 있는 것이 아무것도 없기 때문이었다.

그랬기에 침묵을 지키며 자신을 바라보는 그녀의 시선을 피했다.

하지만 윤선아는 목적이 있는 듯 피하는 박강호의 시선을 자신 쪽으로 돌려놨다.

"안 본다고 하면서 사귀는 사람 있다고 부모님께 말씀드렸어. 그런데 믿지 않으셔."

"왜?"

"강호 씨 공부하느라 우린 데이트를 최근에 거의 하지 못했잖아. 그러다 보니까 선보기 싫어서 핑계를 대는 거라고 생각하시나 봐."

맞는 말이다.

시험이 다가오면서 한 달에 한 번씩 하던 데이트를 세 번이나 걸렀다.

그 말은 세 달 동안 윤선아가 집에만 있었다는 뜻이 된다. 아마 그것이 부모님의 마음을 급하게 만든 것 같았다.

"어쩔 생각이니?"

"강호 씨 정말 나랑 결혼할 생각이지?"

"난 너 외에는 어떤 여자도 생각해 본 적이 없다."

"그럼 가자."

"어딜?"

"집에 가서 강호 씨가 내 애인이라고 말해줘."

윤선아의 말에 박강호의 얼굴이 굳어졌다.

그녀가 말한 것은 에둘러 표현한 것일 뿐이었다.

남자가 여자의 집에 찾아간다는 것은 많은 의미가 담겨 있는 것이었다.

그중에 가장 큰 것은 약속이었다.

여자의 부모님께 내가 당신의 딸을 책임질 것이라는 약속을 하기 위해서 찾는다는 뜻이었다.

한편으로는 쉬워 보이지만 무척이나 어려운 일이었다.

약속은 약속으로 끝나는 것이 아니라 후속 조치가 따라붙기 때문이었다.

'언제'라는 질문이 반드시 나온다.

더군다나 그러한 질문은 부모님의 마음에 들었을 때 따라 나오기 때문에 자신처럼 아직 자격이 없는 사람에게는 그 자리가 지옥이 될 수밖에 없었다.

그랬기에 박강호는 아무런 대답을 할 수 없었다.

윤선아는 아무 대답 없는 박강호를 그저 지켜만 보았다.

그녀가 하필이면 천하그룹의 시험이 끝나는 날 이런 이야기를 꺼낸 것은 사정이 있었기 때문이었다.

그녀 부모님의 성화가 대단하다는 것은 사실이었다.

하지만 부모님의 성화는 그녀가 이야기를 꺼낸 핑계일 뿐이었다.

그것만이라면 언제든지 버텨낼 자신이 있었다.

그럼에도 이야기를 꺼낸 것은 박강호에게 책임감을 심어주고 싶었기 때문이었다.

사랑하는 사람의 야망을 꺾고 싶은 생각은 추호도 없었다.

그러나 천하그룹은 거대한 성처럼 단단해서 외국의 유명한 명문 대학이나 SKY 출신들 정도가 되어야 입성이 가능한 곳이었다.

물론 전혀 타 대학 출신들이 아예 없는 것은 아니었으나 들어가기가 하늘의 별 따기처럼 어려웠다.

면접 때문이었다.

아무리 성적이 좋아도 면접관들은 자신들의 후배들을 먼저 챙기기 때문에 천하그룹은 다른 대학 출신들에게 난공불락의 성이나 다름없는 곳이었다.

처음에는 그녀도 천하그룹의 사정이 그렇다는 것을 알지 못했다.

하지만 박강호가 천하그룹을 목표로 한다는 것을 안 후부터 주변 사람들에게 하나씩 들은 이야기였다.

답답한 정보들은 끊임없이 들어와 그녀를 괴롭혔다.

박강호는 오랜 세월 천하그룹을 꿈꾸며 공부해 왔다.

언제나 그 신념을 응원해 왔고 격려했으나 막상 결혼 적령기를 넘기면서부터는 걱정으로 잠을 이루지 못할 정도가 되었다.

3, 4학년 내리 수석을 차지한 박강호의 실력이라면 천하그룹을 고집하지 않는 한 어떤 회사라도 입사할 수 있었다.

그녀는 그것을 원했다.

만약 천하그룹을 들어가지 못했을 때 박강호가 고집을 버리고 자신을 위해 다른 회사라도 입사하기를 원했던 것이다.

친구들이 부러웠다.

하얀 면사포를 쓰고 행복에 겨워 부케를 던지는 친구들을 보면서 한없는 부러움에 지쳐만 갔다.

겉으로는 웃었으나 속으로는 웃을 수가 없었다.

그녀도 사랑하는 사람과 살고 싶었다.

알콩달콩 작은 집에서 사랑하는 사람의 잠든 모습을 어루만지며 행복을 느끼고 싶었다.

어느 순간이면 거짓말처럼 예쁜 아이도 생겨날 것이다.

깨물어주고 싶은 아이와 사랑하는 남편.

그들과 함께 소풍을 떠나는 자신의 모습을 상상할 때마다 그녀는 세상에서 제일 행복한 여자가 되었다.

박강호는 윤선아와 헤어져 집으로 돌아왔으나 잠이 들지 못했다.

책임이란 것.

그러고 보니 사랑만 했지 책임이란 단어를 생각하지 못했다.

그저 치열하게 살아야만 된다는 생각에 윤선아의 고통을 이해하지 못했으니 자신은 남자로서 자격이 없는 사람이었다.

미안했고 괴로웠다.

사랑하는 사람의 고민을 해결조차 해주지 못하는 자신이 무기력하게 느껴져 잠이 오지 않았다.

그녀가 원하는 대로 부모님께 무작정 찾아갈까 하는 생각도 해봤으나 아무리 생각해 봐도 그것은 오히려 그녀를 더 큰 수

렁 속으로 빠뜨리는 것이라 여겨졌다.

직장도 없는 남자.

더군다나 집안조차 별 볼 일 없는 사내를 어떤 부모가 흔쾌히 받아들이겠는가.

아무리 딸이 사랑한다 해도 그런 남자는 인사할 자격조차 없다고 생각할 게 분명했다.

천하그룹에 들어가고 싶었다.

언제나 그는 천하그룹에 들어가 자신의 꿈을 펼치는 상상을 하며 살아왔다.

그러나 윤선아의 말을 듣는 순간 머리가 하얗게 비면서 그 꿈이 허상처럼 느껴지기 시작했다.

만약 천하그룹에 입사하지 못한다면 어찌할 것인가.

그래서는 안 되지만 그런 경우가 생긴다면 다시 시작할 생각이었다.

아직 통장에는 여분의 돈이 남았기 때문에 일 년을 더 버티며 자신의 꿈을 반드시 이루고 싶었다.

그런데 이렇다.

자신의 꿈을 이루기 위해 또다시 도전을 하게 된다면 윤선아는 그 길고 긴 세월 동안 악몽 같은 시간을 또다시 보내야 할 것이다.

박강호는 많은 고민과 번민 속에서 오랫동안 뒤척이다가 새벽에서야 피곤함을 못 이기고 잠이 들었었다.

천하그룹의 합격자 발표는 보름 후였다.

그동안 박강호는 사룡그룹 입사 시험에 응시했고 한성그룹 공채에도 달려갔다.

어디든 입사할 생각이었다.

윤선아를 위해서라면 자신의 꿈을 접는다 해도 후회하지 않을 것이란 결론을 내린 후 박강호는 천하그룹에 대한 미련을 버렸다.

한성그룹의 시험은 고홍준과 최현승이 같이 봤다.

놈들은 앞으로도 많은 시험에 응시할 계획을 가지고 있었는데 어디든 합격만 한다면 간다는 생각이었다.

R대학을 빠져나와 근처에 있는 맥주집으로 향했다.

오랜만에 술이나 한잔하자는 고홍준의 제의에 그들은 흔쾌히 맥주집으로 들어섰다.

고홍준은 시험을 치른 후 줄곧 얼굴이 밝지 못했다.

아마, 시험문제가 생각처럼 출제되지 않았던 모양이었다.

"아따, 먹고살려니까 정말 힘드네. 뭔 시험이 이렇게 어려워. 안 그러냐, 현승아?"

"크크크, 그러게 공부 좀 열심히 하지그랬어. 그렇게 찍어서 공부했으니 오죽하겠냐."

"사돈 남 말 하고 계시네. 뭐냐, 넌 잘 본 거야?"

"문제는 잘 봤지, 내가 푼 답이 맞는지는 모르겠지만."

"어련하겠어. 그나저나 강호야. 너 내일 발표 아니냐?"

"그러네, 천하그룹 발표가 내일 맞지?"

두 놈이 동시에 박강호를 바라보며 물었다.

별걸 다 기억한다.

취직하느라 정신없는 놈들이 그런 것마저 기억하는 게 신기할 따름이었다.

"맞아, 내일이다."

"떨리겠네. 될 것 같냐?"

"모르겠어. 워낙 많은 사람이 와서 자신은 없다."

"씨발, 네가 안 되면 어떤 놈이 붙어. 될 거다, 걱정하지 마."

"그럼, 그럼, 당연하지."

고홍준이 먼저 거품을 물었고 최현승이 고개를 끄덕이며 동조를 했다.

하지만 놈들의 눈에는 확신이 담겨 있지 않았다.

누구보다 박강호가 열심히 공부했다는 것을 알지만 천하그룹은 요 몇 년 동안 선배들이 한 명도 들어가지 못한 난공불락의 성이었기 때문이었다.

최현승이 맥주잔을 들어 올린 것은 아마도 그런 의구심을 떨쳐내기 위함이었을 것이다.

"강호야, 일단 축하주 먼저 마시자. 내일 일은 내일 생각하고 오늘은 실컷 마시고 죽는 거다."

"그래, 사는 게 뭐 별거냐. 오늘을 행복하게 살면 그것으로 충분한 거지."

"고맙다. 하여간 니들이 있어서 내가 즐겁다."

놈들의 너스레에 박강호가 술잔을 들었다.

그런 후 시원스레 맥주를 목구멍으로 쏟아부었다.

그래, 맞는 말이다.

결과야 어찌 되든 오늘 이 순간만은 친구들과 마음껏 술을 마시며 모든 걱정을 잊고 싶었다.

고흥준과 최현승이 상기된 표정으로 도서관에 들어온 것은 9시가 조금 넘었을 때였다.

어제는 그렇게 큰소리를 치던 놈들이 오늘은 박강호의 눈치를 보며 안절부절못하고 있었다.

놈들의 얼굴은 붉게 상기되어 있었는데 오히려 박강호보다 더 긴장된 모습이었다.

천하그룹의 입사 요강에 나온 합격자 발표는 10시 정각이었다.

이제 시간은 30분밖에 남지 않았기 때문에 멀거니 먼 하늘을 바라보는 시선에는 긴장감이 담겨 있었다.

세 명이 도서관 계단 및 벤치에 나란히 앉아 커피를 마시며 시간을 보냈다.

그러나 대화를 하는 시간보다 침묵에 빠진 시간이 훨씬 많았다.

친구들은 박강호가 얼마나 천하그룹에 들어가고 싶어 했는지 누구보다 잘 알았다.

가난한 환경에서 학교를 다니며 치열하게 살아온 친구가 꿈을 이루기를 그들은 간절히 바랐다.

기어코 10시가 되어 박강호가 자리에서 일어나자 친구들은 마른침을 삼키며 머리를 쥐어뜯었다.

그들이 이렇게 일찍 도서관으로 나온 것은 불행한 일이 발생했을 경우 박강호를 위로하기 위함이었다.

그럼에도 막상 때가 되자 고홍준과 최현승은 박강호가 공중전화로 향하는 것을 그저 지켜보기만 했다.

친구가 실망하는 모습을 볼 자신이 없었기 때문이었다.

띠띠띠띠······.

통화가 되지 않는다.

워낙 많은 사람이 동시에 전화를 하기 때문인지 천하그룹 인사부의 모든 회선은 통화음만 들려올 뿐이었다.

떨리는 가슴을 부여잡고 도서관으로 들어가 커피를 다시 빼왔다.

친구 놈들은 마치 숨바꼭질하듯 벤치에 앉아 연신 자신을 훔쳐보고 있는 중이었다.

공중전화 옆의 바위에 앉아 담배를 꺼내 들었다.

길게 내뿜은 담배 연기가 푸른 하늘 속으로 빨려 들어가는 것을 보면서 박강호는 망부석처럼 움직이지 않았다.

푸른 하늘이 낯설었다.

감탄을 해야 할 정도로 아름다운 하늘을 보면서도 그것을 느끼지 못할 정도로 긴장하고 있다는 뜻이다.

통화는 계속 되지 않았다.

무려 10번이나 공중전화를 들락거렸으나 모든 회선은 오직 통화음만 들려올 뿐이었다.

한 번만 더 해보자는 마음으로 다이얼을 눌렀다.

만약 이번에도 되지 않는다면 친구들과 이른 점심을 먹을 생각이었다.

그런데 생각지도 않게 신호음이 울리며 아름다운 목소리가 흘러나왔다.

—안녕하세요. 천하그룹 인사부 홍혜란입니다.

갑자기 들려온 목소리에 긴장감으로 말문이 막혔다.

그러나 박강호는 정신을 차리고 헛기침을 한 후 조심스럽게 입을 열었다.

"합격 확인을 위해 전화드렸습니다."

—수험 번호와 이름을 말씀해 주세요.

"897번 박강호입니다."

—아… 여기에 있네요. 합격하셨습니다. 축하드립니다.

"정말입니까!"

—네 확인되었습니다. 요강을 확인하시면 면접 시간이 나올 거예요. 늦지 않게 오시기 바랍니다.

"감사합니다. 감사합니다."

어떻게 전화를 끊었는지 알 수 없었다.

오직 전화기를 끊고 한참 동안 멍하니 서 있었다.

마치 꿈꾸는 것 같다.

수화기 너머에서 흘러나온 목소리가 거짓인 것 같아 수십 번도 더 다시 확인해 보고 싶다는 마음이 들었다.

친구들이 주춤주춤 조심스럽게 다가온 것은 박강호가 공중 전화 박스에서 한동안 나오지 않았기 때문이었다.

그들의 안색은 어두워질 대로 어두워져 있었는데 박강호의 행동이 불합격으로 인해 충격을 받았기 때문이라고 판단한 것 같았다.

"…강호야."

"어? 어……."

"어떻게 된 거냐?"

"합격했단다."

"정말이야?"

"그래."

"이 새끼야, 농담하지 말고!"

"금방 통화했어. 그 여자가 내 수험 번호를 정확히 확인해 줬 단 말이다."

"아이고!"

박강호의 대답에 그토록 가슴 졸이던 친구들이 동시에 만세 를 불렀다.

놈들은 두 놈이서 헹가래를 치겠다고 덤벼들었지만 겨우 반 만 들고 내려놨다.

대신 놈들은 박강호를 끌어안고 기쁨을 숨기지 못한 채 한 참 동안 미친 듯이 웃어재꼈다.

윤선아는 일이 손에 잡히지 않았다.

희망이란 놈은 참으로 질겨서 지겹게 머릿속에서 떠나지 않은 채 그녀를 괴롭히고 있었다.

천하그룹의 합격자 발표가 10시라는 걸 알고 있었지만 시간이 훨씬 지났어도 박강호에게서는 아무런 연락이 없었다.

그럼에도 그녀는 속절없이 시간을 훔쳐보며 자리에서 움직이지 못했다.

혹시라도 전화가 올까 봐.

"선아야, 뭐 해?"

"응, 일하지."

"그게 일하는 거니. 멍 때리는 거지. 나와, 커피나 한잔하게."

"그냥 여기서 마시자. 내가 가져올게."

"무슨 일 있어?"

"아니야."

윤선아가 자리에서 일어나 자판기가 있는 곳으로 걸어갔다.

사무실 바로 옆에 자판기가 있었기 때문에 그녀는 곧 커피를 뽑아 돌아왔다.

이혜숙은 그런 윤선아를 묘한 눈으로 쳐다봤는데 다른 때와 다르다는 걸 눈치챈 기색이었다.

"선아야, 걱정거리 있어?"

"걱정은 무슨……."

"너 기다리는 전화 있는 거지?"

"어떻게 알았어?"

"그렇게 뚫어지게 전화기만 보고 있는데 왜 모르겠어. 무슨 전화데?"

"그 사람 전화 기다려."

"왜, 오늘 데이트하기로 했어?"

"응."

이혜숙이 무슨 일인지 알겠다는 듯 대뜸 물었다.

그녀는 윤선아가 데이트 있는 날이면 흥분도가 훨씬 커진다는 걸 알고 있는 유일한 사람이었다.

박강호의 처지를 알고 있기 때문에 이혜숙은 윤선아에게 종종 고무신을 바꿔 신으라며 잔소리를 할 정도로 친했는데 이럴 때마다 그녀는 연신 혀를 찼다.

"그렇게 좋냐. 이제 질릴 때도 되지 않았어?"

"질리긴. 아직 우린 시작도 하지 못했는데."

"내말이 그 말이야. 시작도 하지 않았으니까 언제든지 끝낼 수 있잖아. 그 좋은 혼처 팽개치고 무슨 일인지 모르겠다."

"그만해."

"뭘 그만해. 생각 다시 해봐라. 황 과장님이 아직 너를 마음에 두고 있단다."

"쓸데없는 소리 자꾸 할 거면 일이나 해."

"정말이야. 황 과장님이 아직 결혼 안 하는 이유가 너 때문이라는 소문이 많아."

"다시는 그런 소리 하지 말랬지. 헛소문이라고 몇 번이나 말해!"

윤선아가 이혜숙을 노려봤다.

대답은 그렇게 했지만 과장으로 진급한 황인규는 아직도 자신을 바라보고 있었다.

하지만 그녀는 황인규의 이야기만 나오면 가장 친한 이혜숙이라도 불같이 화를 내곤 했다.

그랬기에 이혜숙은 그녀의 대답에 찔끔하며 자리에서 일어났다.

"어련하겠냐. 알았어, 간다 가. 그놈의 계집애 성질머리하고는."

이혜숙이 돌아간 후 시계를 보자 11시가 넘어가고 있었다.

걱정이 가슴에 들어차기 시작했다.

희망이란 놈은 어느새 사라져 버렸고 좌절에 젖어 있을 박강호를 생각하자 온몸에 힘이 빠졌다.

얼마나 슬퍼하고 괴로울까?

그토록 힘든 시간들을 참아내며 노력했으니 그 아픔은 누구보다 클 것이다.

사랑하는 사람은 자신을 위해 다른 회사에 시험을 치렀다는 소릴 들었다.

한편으로는 안심이 되었지만 다른 한편으로는 미안했고 불쌍했다.

후회하는 마음과 다행이라 여기는 마음이 가슴속에서 싸웠으나 언제나 이기는 것은 후자였다.

천하그룹이 아니라도 박강호가 떳떳하게 직장을 얻는다면 좋겠다는 마음을 가졌기 때문이었다.

그럼에도 가슴 한켠에는 남자의 야망을 꺾었다는 자괴감이 그녀를 괴롭혔다.

그랬기에 희망을 안고 박강호가 천하그룹에 합격하기를 간절히 바랐다.

한동안 자리에 앉아서 고민을 하다 천천히 일어났다.

이렇게 앉아 있을 수만은 없었다.

과장에게 집안일이 있다고 둘러댄 후 박강호를 찾아갈 생각이었다.

조금이라도 위로를 해줄 수만 있다면 그녀는 어떠한 일이라도 할 의향이 있었다.

띠리링… 띠링!

갑작스럽게 그녀의 자리에 있는 전화벨이 울린 것은 그녀가 코트를 집어 들고 과장에게 가려 할 때였다.

그렇게 기다리던 전화였으나 쉽게 수화기를 들지 못했다.

자신도 모르게 손이 와들와들 떨려왔다.

전화기를 노려보던 윤선아가 천천히 수화기를 잡은 것은 전화벨이 오래 울리자 직장 동료들의 시선이 한꺼번에 다가왔을 때였다.

"여보세요. 전산실 윤선아입니다."

—나야.

"강호 씨……."

―선아야, 나 합격했어.

"정말… 정말이야!?"

―그래, 이따 회사 끝나고 만나자. 같이 저녁 먹을 수 있지?

"그럼… 그럼……."

어떻게 수화기를 내려놓았는지 알 수 없었다.

박강호의 목소리는 여전히 남아 그녀의 귓가에 맴돌아 계속해서 통화를 하고 있다는 착각을 불러일으켰다.

자신도 모르게 눈물이 핑 돌았다.

아… 다행이다.

필기시험에 합격했다는 기쁨보다 박강호가 슬퍼하지 않아도 된다는 것이 너무나 기뻤다.

만세를 부르고 싶은 것을 간신히 참으며 그녀는 들었던 코트를 내려놓았다.

윤선아는 박강호를 만나자마자 끌어안았다.

종각을 지나는 수많은 사람들이 이상한 눈으로 봤지만 그녀는 다른 사람들의 눈을 전혀 의식하지 않았다.

"선아야……."

"가만히 있어. 강호 씨가 너무 예뻐서 그래."

얼마나 안고 있었을까.

천천히 몸을 떼어낸 윤선아가 그때서야 어색한 미소를 지었다.

그럼에도 그녀의 눈에는 여전히 박강호에 대한 신뢰와 사랑이 듬뿍 담겨 있었다.

"축하해."

"최종 합격 한 것도 아닌데 뭘."

"이젠 어찌 돼도 괜찮아. 최고만 응시한다는 천하그룹 공채 필기시험에서 당당히 합격했는데 뭐가 아쉽겠어. 그러니까 면접은 부담 갖지 말고 봐."

"그래도 최선을 다해야지."

"우리 고기 먹으러 가자. 내가 맛있는 집 알아놨어."

윤선아는 박강호의 손을 이끌었다.

오늘을 위해 미리 준비해 놓은 곳이 있었던 모양이었다.

한참을 걸어 도착한 곳은 한눈에 봐도 꽤나 비싸 보였는데 정문이 마치 왕궁에 들어가는 것처럼 휘황찬란했다.

'경복궁'.

고기를 파는 가게치고는 이름이 고급스럽다.

하지만 정원을 넘어 다가온 본채의 건물을 보자 그런 선입감이 한꺼번에 날아갔다.

건물은 정말 궁궐처럼 지어졌는데 찬란한 조명 속에서 화려하게 빛나며 손님들을 환영하고 있었다.

"너무 비싼 집 아니야?"

"안 비싸, 걱정 마."

윤선아가 서빙하는 사람이 가져온 물수건으로 손을 닦으며 박강호를 안심시켰다.

하지만 그녀의 말이 거짓이란 걸 아는 데는 불과 1분도 걸리지 않았다.

메뉴판에 쓰여 있는 가격은 그가 상상해 보지 않은 것이었다.

그럼에도 박강호는 묵묵히 윤선아의 행동을 지켜만 봤다. 고기와 술을 시키는 그녀의 모습이 너무 자연스러웠다.

"여기 와본 적 있어?"

"회사 회식 때 한번 와봤는데 너무 예쁘고 좋아서 강호 씨하고 같이 오고 싶었어. 고기 먹고 난 후 정원에서 차를 마시면 마치 천국에 온 것 같은 기분을 느낄 수 있을 거야."

"춥지 않을까?"

"나하고 같이 걸을 건데 춥다고 말하면 안 되지."

"그래, 밥 먹고 같이 거닐어보자."

윤선아가 예쁘게 웃으며 눈을 흘기자 박강호가 즉시 말을 바꿨다.

이렇게 예쁘고 사랑스러운 여자와 걷는다면 얼어 죽어도 괜찮다는 생각이 들었다.

윤선아는 박강호가 금방 말을 바꾸며 수긍을 해오자 만족스러운 웃음을 지었다.

그런 후 조심스럽게 입을 열었다.

"강호 씨, 고마워."

"뭐가?"

"날 위해서 노력해 준 거."

"그런 말 하지 마. 내가 선아한테 해준 게 뭐가 있어. 늘 고마운 건 나야."

"천하그룹에 꼭 들어가고 싶어 하는 강호 씨 마음 알아. 그런데도 날 위해 다른 곳에 시험을 봤잖아."

"선아가 어떻게 그걸……."

"이야기 들었어. 친구들한테."

"…그랬구나."

"고마워."

"널 힘들게 만들지 않을 거야. 천하그룹에 들어가고 싶다는 마음은 변치 않았어. 하지만 널 위해서라면 천하그룹은 아무것도 아니야."

"강호 씨……."

"자격을 갖추고 싶어. 그래서 선아 씨의 부모님을 만나서 당당하게 말할 거야. 따님을 달라고."

박강호의 말에 윤선아의 고개가 스르륵 내려갔다 다시 올라왔다.

내려갈 때의 시선과 올라올 때의 시선이 다르다.

사랑.

사랑을 위해 자신을 위해 꿈까지 버리겠다는 남자.

그 남자를 바라보는 그녀의 시선에는 죽음마저 마다하지 않을 깊고 깊은 사랑이 담겨 있었다.

박강호는 양복을 입고 거울 앞에 섰다.

드디어 면접이 있는 날이었다.

면접에 대비해서 많은 준비를 했다.

그가 천하그룹에서 선택한 곳은 천하물산이었다.

사나이들의 세계, 무역.

박강호의 꿈은 세계를 주름잡는 천하물산에서 마음껏 자신의 능력을 펼치는 것이었다.

요즘 기업에서 가장 관심을 가지고 있는 수출 부문에 관해 집중적으로 공부했고 인사관리를 비롯해서 효율적 생산관리까지 체계적으로 준비했기 때문에 웬만한 질문에는 모두 대답할 자신이 있었다.

면접은 필기시험과 다르게 천하물산의 본사에서 있었기 때문에 박강호는 소공동으로 향했다.

까마득하게 치솟은 빌딩.

천하그룹의 본사 앞에 도착한 박강호는 한참 동안 움직이지 않은 채 빌딩을 응시했다.

이곳에 오기 위해 얼마나 많은 땀과 눈물을 흘렸던가.

길고 긴 시간을 도서관에 처박혀 청춘을 보냈고 이를 악문 채 모진 고난을 견뎌냈다.

그러고 이곳에 왔다.

감회가 새로웠으나 감회에 젖기에는 가슴속에 들어찬 긴장감이 더욱 컸다.

천천히 걸음을 옮겨 빌딩의 정문으로 다가갔다.

정문에는 면접 안내 포스터만 달랑 붙어 있을 뿐 필기시험

때처럼 요란한 플래카드는 걸려 있지 않았다.

정복을 입은 수위의 안내에 따라 면접이 벌어지는 18층으로 올라가자 백여 명의 젊은이들이 기다리고 있는 것이 보였다.

신입 사원을 정확하게 몇 명 뽑는지 알 수 없으나 이 정도의 인원이라면 최종 합격자의 2배수 이상을 면접 대상으로 잡은 것 같았다.

그것은 여기서도 반수 이상이 탈락한다는 걸 의미하는 것이었다.

접수를 하고 번호표를 확인하자 108번이었다.

순간적으로 불교에서 전해지는 108 번뇌가 떠올랐다.

불길한 기운.

왜 하필이면 108번이란 숫자가 자신에게 주어졌단 말인가.

인사부에서 나온 직원들의 안내에 따라 사람들이 면접장으로 향하기 시작했다.

번호가 늦다는 것은 면접을 보는 순서가 늦는다는 걸 의미하는 모양이었다.

오랜 기다림.

머릿속에 들어 있는 지식들을 정리하며 면접관들이 물었을 때의 자세와 말투까지 고민했다.

책에서는 밝고 당당한 표정으로 또렷하게 대답해야 한다고 했으나 그것은 예상했던 질문이 나왔을 때야 가능한 일이었다.

만약 예상치 못했던 질문이 나오게 되면 사람은 당황하게 되고 목소리도 급격히 작아지기 때문이다.

드디어 마지막 순서가 되자 박강호의 번호가 불려졌다.

면접을 시작하고 거의 3시간이 지난 후였다.

복도를 걸으며 박강호는 지그시 눈을 감았다가 떴다.

그와 함께 면접에 들어가는 사람들은 남자가 네 명에 여자가 한 명이었다.

인사부 직원이 안내한 문을 열고 들어서자 다섯 명의 면접관이 근엄한 표정을 지은 채 그들을 기다리고 있었다.

꿀꺽!

자신도 모르게 침이 삼켜졌다.

그들의 앞에는 텔레비전에서나 본 직책들이 쓰여 있었는데 본부장을 비롯해서 상무들의 명패가 나란히 놓여 있었다.

오십은 훨씬 넘은 사람들이었으나 후덕하다는 인상 대신 날카롭다는 느낌이 더욱 컸다.

박강호는 네 번째 자리에 앉았다.

마지막 순서에 있는 남자는 박강호와 비슷한 연배였지만 보는 것만으로도 샤프하다는 인상을 주는 사람이었다.

다행스럽게 면접관들의 질문은 박강호가 거의 예상했던 내용들이었다.

가볍게 가족 사항서부터 학교생활을 묻던 면접관들은 기업이 추구해야 할 경영 가치와 경영의 효율성들을 집중적으로 물었고 그의 배경에 대한 이론들에 대해서 설명을 요구했다.

앞에서 면접을 본 사람들 중에는 홍일점으로 있었던 여자가 가장 대답을 잘했다.

이름이 강주희라고 했던가.

전혀 위축되지 않았고 질문의 요지를 정확하게 파악해서 똑부러지게 대답하는 모습이 거의 면접의 정석을 보는 것 같았다.

박강호의 차례가 다가오자 서류를 바라보던 면접관들의 얼굴이 슬쩍 변하는 게 보였다.

이유는 알 수 없었지만 결코 호의적인 태도는 아닌 것 같아 박강호는 불길한 기운을 느꼈다.

처음의 질문들은 대동소이했다.

아버지의 직업에 대해서 숨김없이 대답했고 가족들에 대해서도 솔직하게 말했다.

하지만 문제는 전공 분야로 넘어가면서부터 발생했다.

면접관들은 앞 사람들과는 전혀 다른 질문을 시작했는데 예상했던 것들과는 천양지차였다.

'천하물산의 해외 마케팅에 대한 소견'

'천하물산의 경영 방침에서 문제가 된다고 생각하는 부분과 그에 따른 대응 방안'

'포터의 5—FORCE 이론의 이익창출수단을 기업이 효과적으로 차용해서 벌일 수 있는 사업'

박강호는 입사를 결심하면서 천하물산이 시행하는 사업에

대해서도 공부를 해왔다.

면접을 대비해서 경영 방침을 외웠고 향후의 경영 트렌드와 비전에 대해서도 나름대로 생각을 정리했다.

하지만 면접관들의 질문은 그의 예상을 훨씬 벗어난 고차원적인 것들이었다.

도대체 나에게만 왜? 라는 의문을 가질 새도 없었다.

그저 어떡하든 면접관들의 질문에 대답해야 된다는 생각만이 머릿속에 가득 찼다.

그랬기에 박강호는 있는 지식을 총동원해서 면접관들이 던진 질문에 대답하려 안간힘을 썼다.

그러나 만족스럽지 못했다.

스스로도 만족스럽지 못했고 면접관들의 얼굴에서 나타난 표정도 마찬가지였다.

허망했다.

그토록 열심히 준비했는데 이렇게 물러나야 된단 말인가.

억울함과 분노가 한꺼번에 치밀어 올라 눈가가 벌겋게 달아올랐다.

이럴 수는 없다… 이럴 수는!

천하물산의 공채 인원은 내부적으로 30명으로 결정되어 있었다.

하지만 그것이 신입 사원의 전체 숫자는 아니었다.

금년에 뽑은 신입 사원은 180명에 달했다.

그럼에도 공채를 30명밖에 뽑지 않은 것은 서류 전형으로 아이비리그의 명문 대학과 SKY의 성적우수자, 정관계 유력자들이 부탁한 사람들을 미리 뽑아놨기 때문이었다.

신문에는 경제 여건이 악화되어 공채 인원을 적게 뽑을 수밖에 없는 상황이라고 홍보했으나 실상은 유수한 인재들과 회사에 도움이 되는 유력자들과의 접점을 미리 선점한 것을 감추기 위한 전략이었다.

모든 면접이 끝나자 자료를 덮으며 면접관들이 시원하다는 표정을 지었다.

오랜 시간을 자리에 앉아 있던 그들은 자세를 편하게 하며 평가표를 꺼냈는데 금방이라도 퇴장할 분위기였다.

중앙 상석에 있던 기획본부장이 얼굴을 굳히며 일갈을 터뜨린 것은 그들이 마지막 조의 평가점수표를 작성하기 위해 볼펜을 들었을 때였다.

"지금 뭐 하자는 겁니까!"

그의 일갈에 나머지 네 명의 면접관이 놀란 눈을 만들었다.

평소에 대쪽 같은 성격으로 유명했지만 임원진과는 가급적 충돌을 일으키지 않던 사람이 갑자기 소리를 지르자 놀란 모양이었다.

기획본부장 임형식은 하버드 경제학부를 나와 미국의 내로라하는 기업에서 근무하다가 최고 경영진의 스카우트로 천하물산에 온 사람이었다.

그랬기에 당연히 천하물산에서 잔뼈가 굵은 기존의 임원진과는 소원한 사이였다.

그러나 지금처럼 임원진을 상대로 소리를 지른 적은 한 번도 없었다.

일에 대해서는 철두철미해서 대쪽으로 불려도 토종 세력이 대부분인 임원진과 트러블을 일으킬 만큼 어리석지 않았기 때문이었다.

그런 사람이 불쾌한 표정을 지은 채 임원들을 노려보고 있었다.

영업상무를 맡고 있는 윤재용이 천천히 입을 연 것은 분명 자존심 때문일 것이다.

그는 토종 세력의 좌장 역할을 하는 사람으로 S대를 나와 천하물산에서 잔뼈가 굵은 사람이었다.

"본부장님, 무슨 말씀이십니까. 뭐 잘못된 거라도 있나요?"

"부끄럽지도 않습니까?"

"난 도대체 뭘 말하는 건지 모르겠군요."

"108번 박강호. 내 입으로 왜 그 친구에게 그런 질문을 던졌는지 물어야겠습니까?"

"면접에서 질문을 한 게 뭐가 잘못이란 건지 이해가 되지 않습니다."

"그동안 뿌리 깊게 박혀 있는 학연을 알면서도 지금까지 내가 아무 말도 하지 않은 것은 두 눈으로 직접 보지 않았기 때문입니다. 하지만 내가 직접 본 이상 그냥 넘어가지 않을 겁니다."

"본부장님!"

"그 친구를 떨어뜨리고 누굴 뽑고 싶은 겁니까. 말해보세요."

임형식 기획본부장이 윤재용을 향해 강렬한 시선을 던졌다.

윤재용이 면접위원장을 맡고 있는 자신을 제쳐두고 다른 사람들과 합격시킬 사람들을 미리 선정한다는 정보를 들었기 때문이었다.

그러나 윤재용은 침착했다.

그저 임형식의 강렬한 시선에 쓴웃음만 지었을 뿐이었다.

지금까지 몇 년 동안 이런 질문과 의심에 찬 눈초리를 받아본 것은 처음이었다.

기획본부장의 시선에서 무슨 생각을 하고 있는지 충분히 알수 있었다.

하지만 윤재용은 웃음을 멈추지 않았다.

맞는 말이다.

하지만 틀린 말이기도 했다.

임형식의 생각처럼 신입 사원 합격자를 선정하는 것은 자신이었으나 오더는 높은 곳에서 내려오는 경우가 많았다.

사장, 부사장, 그리고 전무까지.

물론 자신의 몫과 나머지 면접관들의 몫도 있었다.

그랬기에 박강호를 떨어뜨려야 했는데 임형식이 제동을 걸고 나온 것이었다.

"본부장님. 외국에서 오셨기 때문에 잘 모르시나 본데 한국기업에는 기업의 룰이라는 게 있는 법입니다."

"그 룰이 도대체 뭐요?"

"좋은 사람을 뽑는 거지요. 그리고 회사에 도움이 되는 사람을 뽑는 겁니다."

"그렇다면 박강호는 그런 사람이 아니란 말입니까?"

"그 친구도 물론 장차 회사에 도움이 될 수 있을 겁니다. 하지만 우리는 지금 당장 회사에 도움이 될 사람이 필요합니다."

"그래서 빽 없고 학연 없는 젊은이가 탈락되어야 한다는 겁니까. 그것도 비겁하게 대답하지 못할 질문을 던져서 말입니다."

"말씀이 심하십니다."

"나는 절대 동의할 수 없소. 그 친구는 필기시험에서 차석을 차지할 정도로 뛰어난 젊은이였어요. 더군다나 당신들의 말도 안 되는 질문에 침착하게 대답하는 걸 봤다면 절대 이럴 수는 없소. 아마, 당신들이 합격시키고자 한 사람들에게 물었다면 그들은 입도 뻥끗하지 못했을 것이오."

"그래서요?"

"정당한 평가를 해주시오. 만약 그렇게 하지 않는다면 나는 이 일을 공개적으로 거론해서 문제화시킬 것이오."

제24장

입사

박강호는 집으로 돌아오지 못하고 용산의 영화관을 찾았다.

모든 것을 잊어버리고 싶었다.

세상의 불평등을 왜 잊고 있었을까?

살아오면서 그런 불평등을 수없이 겪었으면서 아직도 그는 사회의 정의가 살아 있을 것이라 어리석게 믿었다.

최선을 다해서 노력하면 어른들이, 이제는 성숙해진 사회가 그러한 노력들을 받아줄 거라 생각했다.

하지만 그렇지 않았다.

세상은 여전히 있는 사람들의 것이었고 없는 사람에게는 더없이 잔인했다.

나오면서 모든 것을 부숴 버리고 싶다는 생각을 간신히 참

왔다.

잘난 것들만 살아가는 세상이라면 전부 뒤집어 박살을 내버리고 싶었지만 윤선아를 생각하며 이를 악물고 돌아섰다.

영화가 눈으로 들어오지 않았다.

그래, 영화를 보면서 잊기 위한 것이 아니었는지도 모른다.

울었다.

아무도 보지 않는 어둠을 친구 삼아 자신의 꿈이 산산이 부서진 오늘의 이 잔인함을 되새기며 원 없이 울었다.

면접의 결과는 불을 보듯 뻔했다.

면접에서 제대로 대답을 하지 못했으니 떨어져도 할 말이 없었다.

다른 사람보다 수준 높은 질문을 받았다는 억울한 마음이 가슴에 분노를 만들어냈으나 그것 때문에 천하그룹을 상대로 이의를 제기할 생각은 가지지 않았다.

계란으로 바위를 깨겠다고 덤비는 것은 너무나 어리석은 일이란 걸 잘 알기 때문이다.

윤선아와의 약속은 지키지 않았다.

그녀는 오늘 면접이 있다는 것을 알고 저녁에 맛있는 것을 먹자며 종로에서 7시에 만나자는 약속을 했지만 나갈 수가 없었다.

그녀에게 슬퍼하는 모습을 보이고 싶지 않았다.

아니, 어쩌면 그녀가 아파하는 것을 보고 싶지 않았기 때문이라는 게 더 정확했다.

그녀를 만나면 천하그룹에서 떨어졌다는 말을 해야 된다.

그러면 그녀는 아픈 눈으로 자신을 바라볼 것이다.

천하그룹에 떨어져서 아픈 것이 아니다.

그녀는 자신이 꿈을 버리고 다른 회사에 입사해야 되는 그의 상황을 슬퍼할 게 분명했다.

시간이 필요했다.

비록 그녀가 자신을 기다리며 힘들어하겠지만 오늘은 이대로 정처 없이 길을 걷는 게 좋을 것 같다는 생각이 들었다.

윤선아는 종각의 약속 장소에서 하염없이 박강호를 기다렸다.

언제나 먼저 나와 마중하던 박강호는 그녀가 이곳에 온 지한 시간이 지나도록 모습을 나타내지 않고 있었다.

어쩐 일일까.

걱정으로 매서운 추위조차 느껴지지 않았다.

자꾸만 불안감이 들어 꼼짝도 하지 못했다.

눈으로 들어온 네온사인과 겹쳐서 필기시험에 합격하고 행복해하던 박강호의 모습이 들어왔다.

얼마나 좋아하던지 그녀는 속에 들어 있는 염려를 숨긴 채한없이 사랑하는 마음으로 그를 보듬어주었다.

하지만 시간이 지나면서 점점 불안 속으로 빠져들었다. 더 큰 슬픔을 사랑하는 사람이 겪게 될까 봐.

천하그룹.

천하그룹은 필기시험보다 면접의 벽이 훨씬 높은 것으로 악명 높았다.

특히 SKY를 제외한 대학 출신들에게는 넘을 수 없는 철벽으로 여겨질 정도였다.

그럼에도 그가 면접으로 향하는 발길을 막지 못했다.

그의 꿈이 그것이었으니 사랑하는 사람의 발길을 막는다는 건 죽어도 못 할 짓이었다.

이렇게 늦게까지 박강호가 나타나지 않는다는 것은 분명 일이 생겼다는 것을 알려주는 것이었다.

그랬기에 그녀는 다시 30분을 더 기다리다가 발길을 옮겼다.

자신의 생각대로 박강호가 면접에서 힘든 일을 겪었다면 지금쯤 좌절과 절망으로 고통의 시간을 보낼 거란 생각이 들었다.

꿈을 이루고 싶어 하는 그를 격려했던 것이 바보짓이라 여겨져 자신의 머리를 쥐어박았다.

미리 알고 대비했다면 박강호의 절망은 훨씬 적어졌을 텐데 자신은 그가 아파할까 봐 그런 정보를 미리 주지 않았던 것이 너무나 후회가 되었다.

버스를 타고 박강호의 집으로 향했다.

가서 만나야 한다.

그리고 안아주며 위로해 줄 것이다.

최선을 다해 열심히 살아온 그를 좌절에서 구해줄 사람은

오직 자신밖에 없으니 오늘은 무슨 일이 있어도 그를 만나야
한다.

　박강호는 3학년 말에 민정혜의 집에서 나와 학교 정문과 가
까운 곳에 자취방을 구했다.
　전통적인 방식으로 지어진 한옥이었는데 차가 들어가지 못
하는 골목으로 한참을 들어가야 하는 곳이었다.
　박강호는 문칸방에 살았기 때문에 불이 켜지지 않은 것을
금방 확인할 수 있었다.
　아직 들어오지 않았다는 뜻이다.
　가로등이 켜져 있었으나 9시가 넘자 사람들의 인적이 끊겨
스산하게 느껴졌다.
　그곳에서 윤선아는 박강호를 기다렸다.
　대문을 두드려 방 안으로 들어가 기다릴 수는 없었다.
　다 큰 처녀가 주인 없는 남자의 방에 들어가 기다리겠다고
하는 것은 말도 안 되는 짓이었기 때문이었다.
　추웠다.
　너무 추워 몸이 얼어버릴 것 같았다.
　그럼에도 돌아갈 생각을 하지 않았다.
　얼마나 기다렸을까.
　어둠을 뚫고 다가오는 사내의 모습이 보였다.
　사내는 바지 주머니에 손을 찔러 넣은 채 비틀거리며 걸어오
고 있었는데 술에 취한 모습이었다.

한눈에 알아볼 수 있었다.

사랑하는 사람의 모습은 그가 어떤 추한 모습을 하고 있어도 알 수 있다.

달려갔다.

그리고 그대로 그의 품에 안겼다.

"선아야……."

"바보야, 이게 뭐야. 혼자 어디 갔었어!"

"미안해, 약속 못 지켜서."

"흑흑… 흐윽……."

박강호의 몸에서는 술 냄새가 진동했다.

그러나 윤선아는 그것을 느끼지 못했다.

오직 그가 흘려낸 미안함과 고통이 느껴졌을 뿐이었다.

끌어안은 박강호의 몸은 추위 속에서도 따뜻했으나 슬픔으로 가득 차 있음을 알 수 있었다.

그랬기에 윤선아의 입에서는 어린 사슴이 내듯한 울음이 터져 나왔다.

그의 모습만 봐도 알 수 있었다.

생각했던 그대로의 모습.

오랜 시간을 외로움과 좌절에 떨었을 박강호의 처지가 그녀의 눈물을 멈추지 못하게 만들었다.

하지만 박강호는 천천히 손을 올려 그녀의 눈물을 닦아주었다.

"왜 울어, 바보같이."

"왜 안 왔어. 왜 안 왔냐고. 나한테 왔으면 내가 같이 아파해
줄 수 있었잖아!"

"괜찮아. 잠시 동안 혼란스러웠지만 이제 괜찮아졌어."

"거짓말하지 마. 그렇게 고생했는데… 그렇게 가고 싶어 했으
면서 어떻게 괜찮아!"

"천하그룹에 들어가지 못하다고 해서 내가 죽는 것은 아니
야. 실망은 됐지만 술 한 잔에 모든 걸 잊었다. 나한테는 네가
있으니까 어떤 것도 이겨낼 수 있어."

"아냐, 다시 해."

"뭘 말이니?"

"천하그룹, 다시 해봐. 난 얼마든지 기다릴 수 있어. 그러니
까 내 생각 하지 말고 다시 해."

"싫어. 그렇게 하지 않을 거야. 술을 마시면서 생각했다. 사
람이 살아가면서 목표한 걸 이루지 못했다고 전부 불행해지는
건 아니란 걸. 내 인생은 아직도 먼 길이 남아 있어. 어떤 길을
가든 너와 함께라면 행복할 거라 생각했다. 그러니까 그만 울
어."

고홍준과 최현승이 도서관에 나온 박강호에게 면접에 관한
것을 물었을 때 그에게 벌어졌던 일들을 담담하게 말해주었다.

분노도 없었고 억울함도 나타내지 않았다.

하지만 친구들은 그렇지 않았다.

"그런 개새끼들이 다 있단 말이냐. 물을 거면 똑같이 물어야

지 왜 너한테만 그런 질문을 해. 떨어뜨리려고 작정한 거잖아!"

"목소리 좀 죽여."

"지금 목소리 죽이게 생겼어? 당장 가자. 그 씨발놈들 총으로 다 쏴 죽이게."

고홍준은 정말 열이 받을 대로 받은 모습이었다.

둘도 없는 친구가 말도 안 되는 면접을 받았다는 사실이 그를 분노케 만들었다.

그것은 최현승도 마찬가지였다.

"이런 건 언론에 알려야 해. 지금이 어떤 시댄데 학벌 따지고 지랄이냔 말이야. 더군다나 천하그룹이. 사회적인 책임이 어떻고 공정 사회를 이끌어 나겠다고 텔레비전에 광고 빵빵 때려놓고서 이런 짓을 한다는 게 말이나 돼?"

"그만해. 어차피 끝난 일이야."

"씨발, 억울해서 그렇지!"

최현승이 거품 무는 걸 박강호는 쓴웃음을 지은 채 바라보았다.

친구들이 아무리 화를 내도 결과는 변하지 않기 때문이었다.

그랬기에 그는 슬쩍 화제를 다른 쪽으로 돌렸다.

"그나저나 우리가 시험 본 사룡그룹 필기시험 결과 발표가 내일 아니냐?"

"왜 아니겠어."

"어때, 다들 자신 있지?"

"자신은 개뿔. 재수 좋으면 되는 거고 아니면 마는 거지."

"그럼, 그럼. 우리가 언제 한 곳에 목매달고 살았냐. 열심히 넣다 보면 어딘가는 걸리겠지."

아직 화가 덜 풀린 고홍준의 대답에 최현승이 맞장구를 쳤다.

놈들은 역시 다르다.

집안이 넉넉해서 그런지 인생을 팍팍하게 살아가는 박강호와 근본적으로 다르게 생각하는 것이 여유가 있었다.

그럼에도 괴리감은 느껴지지 않았다.

놈들은 언제나 자신의 처지를 이해하고 믿어주는 친구들이었으니까.

사룡그룹의 필기시험에서 박강호와 최현승이 합격했지만 고홍준은 탈락하고 말았다.

대신 그는 오 일 후 발표한 한성그룹에 합격 통보를 받았다.

고홍준이 합격하는 날 박강호와 친구들은 그들의 단골집인 선술집으로 몰려가 술판을 벌였다.

기분 좋은 날.

최종 합격은 아니었으나 고홍준까지 필기시험에 합격했다는 사실이 그들을 들뜨게 만들었다.

"세상에 홍준이가 합격을 다 하다니 만세다, 만세야!"

"이놈이, 무슨 말을 그렇게 싸가지 없게 해. 내가 얼마나 열심히 공부했는데."

"하긴 맨 끝에 열심히 하긴 했지. 여자 친구 등쌀에 말이야."

최현승이 김미수를 들먹거리며 놀려댔다.

농담이면서도 사실이다.

고홍준은 김미수와 사귄 후부터 정말 열심히 공부했는데 그녀가 백수와는 절대 교제할 수 없다고 협박했다는 사실을 말하며 죽상을 짓곤 했다.

술이 술을 마시게 한다는 소리가 있다.

좋은 날에 좋은 사람들과 마시는 술은 그들을 마음껏 취하게 만들었다.

아마, 최현승이 불쑥 이야기를 꺼낸 것은 술로 인해 이성이 잠깐 마비되었기 때문일 것이다.

"강호야, 인마. 끄윽… 오늘 천하그룹 최종 합격자 발표 날이잖아. 확인해 봐야 되는 거 아니냐?"

"확인은 무슨. 그만하고 술이나 마셔."

"그래도 확인은 해봐야지. 그래서 떨어뜨렸으면 욕이나 한 바가지 퍼붓자고."

"야, 너 술 취했어. 왜 다 잊은 사람 아픈 데를 건드려!"

고홍준이 중간에서 나서며 최현승에게 마구 눈치를 주었다.

좋은 기분을 망치고 싶지 않았기 때문이었다.

하지만 최현승은 막무가내였다.

"잠깐 기다려 봐. 아줌마!"

최현승은 비틀거리며 일어서서 주인아줌마를 불렀다.

오후 3시.

대학교는 방학이었기 때문에 지금 이 시간에 자리를 차지하고 있는 것은 그들뿐이었다.

그랬기에 낮부터 찾아와 술판을 벌이는 놈들에게 안주를 만들어준 아줌마는 낮잠을 자려는 듯 방으로 들어가 나오지 않았다.

워낙 단골들이니 돈을 떼먹고 도망갈 리도 없어 아줌마는 편하게 쉬고 있는 것 같았다.

최현승의 고함에 방문이 빼꼼 열리며 졸린 눈을 감추지 못한 주인아줌마의 얼굴이 나타났다.

"뭐여, 안주 더 만들어줘?"

"그게 아니고요. 전화기 어디 있어요?"

"전화기는 왜?"

"전화 한 통만 쓸게요."

"그려라. 근디 많이 취했구먼."

"저 하나도 안 취했어요."

안 취했다는 말이 맞는 걸일까.

맞을 수도 있겠다.

놈은 비틀거리던 몸을 바로 세우고 방으로 향했는데 걸음걸이가 씩씩했다.

고홍준이 말리는 척 일어나다가 박강호의 눈치를 보고 중간에서 그만뒀다.

박강호가 그저 술만 마시며 최현승의 행동을 제지하지 않았기 때문이었다.

하긴, 그도 궁금해서 미칠 지경이었다.

떨어졌을 가능성이 거의 구십구 퍼센트가 넘을지라도 마지막 결과는 봐야 된다는 생각이 머릿속에서 계속 맴돌고 있었다.

방으로 간 최현승이 주저 없이 다이얼을 누르는 게 보였다.

그런 후 합격자를 확인하고 싶다면서 박강호의 수험 번호와 이름을 말하는 것이 어렴풋이 들려왔다.

문제는 그다음에 벌어졌다.

"강호야!"

최현승은 전화기를 팽개치듯이 떨어뜨렸는데 뭔가 엄청난 충격을 받은 놈처럼 움직이지 못하다가 미친 듯이 술자리로 뛰어왔던 것이다.

윤선아는 박강호의 말을 듣고 아픔을 털어버렸다.

그래, 맞는 말이다.

사람의 긴 인생 중에서 하고 싶은 일을 모두 할 수 있는 사람이 얼마나 있겠는가.

돈을 산더미처럼 쌓아놓고 산다는 재벌들조차 그렇게 하지는 못하는데 평범한 우리는 오죽할까.

천하그룹에 다시 도전해도 기다릴 것이란 그녀의 말은 진심에서 나온 것이었다.

사랑하는 사람의 꿈을 위해서라면 자신의 어려움은 충분히 감내할 수 있을 거라 생각했다.

하지만 박강호는 오히려 그녀를 선택했다.

사랑이란 것.

사랑이란 상대방을 먼저 배려하는 마력을 사람 가슴에 심어 놓는 모양이다.

고마웠다, 그 마음이.

둘이 힘을 합친다면 꼭 천하그룹이 아니라도 잘 살 수 있다는 것을 믿었다.

더군다나 박강호는 사룡그룹 필기시험에 합격한 상태였기 때문에 그럴 가능성은 무척이나 컸다.

사룡그룹은 재계 서열 9위로서 천하그룹보다는 못하지만 튼실한 회사였다.

그랬기에 힘을 내고 직장 생활에 충실했다.

오늘도 그녀는 다른 부서에서 넘어온 전산 데이터를 처리하느라 바쁜 시간을 보내면서 활기차게 일을 했다.

열심히 일하다 보니 오전이 훌쩍 가버렸다.

언제나 그렇듯 점심시간이 되자 이혜숙이 살랑거리며 다가와 말을 붙였다.

"야, 너 요새 얼굴이 좋다. 뭐 좋은 일이라도 있어?"

"응. 있어."

"이것이 궁금하게 만드네. 뭔지 말해봐."

"싫어."

"싫긴 뭐가 싫어. 맨날 죽상을 짓고 있을 때는 미주알고주알 떠들더니 좋은 일이 생기니까 말하지 않겠다고?"

이혜숙이 쌍심지를 켜며 윤선아를 노려봤다.

둘은 회사에서 둘도 없이 친한 사이였다.

그랬기에 서로의 고민을 나눠 가지며 웃고 울었다.

박강호가 윤선아를 찾아왔을 때도 제일 먼저 말한 사람이 이혜숙이었다.

오랫동안 가슴앓이했던 사랑에 대해서 말하며 그녀는 이혜숙 앞에서 눈물지었다.

물론 이혜숙은 점점 시간이 갈수록 그녀의 사랑을 만류하곤 했다.

아무것도 없는 남자.

그런 남자와 한평생을 살아가는 것은 모진 고난에 들어가는 지름길이라는 걸 주저 없이 말하며 다른 좋은 신랑감을 찾으라고 거품을 물었다.

하지만 그것이 진심이 아니란 걸 안다.

진정으로 사랑하는 남자와 산다는 것이 좋은 조건을 가진 남자와 사랑 없이 사는 것보다 훨씬 행복하다는 것을 그녀도 알고 있었다.

부러움.

어쩌면 이혜숙은 두 사람의 눈물겨운 사랑을 부러워하고 있는지도 모른다.

식당으로 가는 길에서 윤선아는 이혜숙에게 그동안 있었던 일들을 이야기했다.

박강호와 자신의 이야기들을.

"정말 그 사람이 그렇게 말했단 말이야?"

"그래."

"에휴, 좋겠다. 사랑하는 사람을 위해 자신의 꿈마저 포기하는 남자라니……."

"처음에는 미안하고 괴로웠지만 그 사람의 진심을 알고 나서부터 열심히 살겠다고 마음먹었어. 그런 사람의 사랑을 받고 있는 내가 불행할 수는 없잖아."

그래, 그런 거다.

사람이 살아가면서 행복을 느끼는 것은 처해진 환경에 만족했을 때 생겨난다.

그랬기에 윤선아는 이혜숙을 향해 환한 웃음을 보일 수 있었다.

점심시간이 끝나자 2시부터 마라톤 회의가 시작되었다.

새해의 업무 계획 수립과 부서의 평가를 잘 받기 위한 전략 회의였다.

모든 부서원이 참여했기 때문에 사무실에는 별정직 여직원 외에는 아무도 없었다.

회의는 길었다.

무려 3시간 가까이 걸린 회의였기 때문에 직원들은 회의장을 빠져나오며 질린 표정들을 지었다.

피를 말린다는 것은 이럴 때 쓰는 말이다.

사람들은 무에서 유를 창조할 때 가장 힘들어하는데 직장인이라면 더욱 그렇다.

하기 싫다고 안 할 수는 없다.

회사에서 월급을 받고 살아가는 한 그것은 직장인의 숙명인 것이다.

정형화된 업무가 아니라 경영진에게 어필할 수 있는 새로운 업무를 창조해 낸다는 것은 머리에 쥐가 날 정도로 괴로운 일이었다.

그건 윤선아도 마찬가지였다.

자신에게 주어진 과제는 1분기 내에 회사의 자금 회전 내용을 한눈에 볼 수 있는 프로그램을 개발하라는 것이었다.

혼자 하는 것이 아니라 그녀가 속한 개발1부 전체가 해야 할 일이었지만 너무 시간이 촉박했다.

회사는 언제나 직원들을 능력을 최대한 뽑아내기 위해 여유를 주는 법이 없다.

무거워진 마음으로 자리로 돌아왔을 때 별정직 여직원인 김소미가 주춤거리며 다가왔다.

그녀는 여상을 졸업하고 회사에 들어왔는데 아직 어려서 그런지 직원들을 무척 어려워했다.

"윤 대리님, 전화가 여러 번 왔었어요."

"누구한테?"

"어떤 남자분요. 이름이 박강호라고 하시던데."

"그래? 다른 말은 없었고?"

"다시 전화한다고만 하셨어요."

"고마워."

김소미가 돌아가자 윤선아의 얼굴에서 궁금증이 나타났다.

박강호는 요즘 한참 사룡그룹 면접을 준비하고 있었기 때문에 전화를 하지 않았는데 자신이 회의에 들어간 사이에 여러 번 전화를 했다는 것은 무슨 일이 있다는 것을 알려주는 것이었다.

궁금했으나 연락할 방법이 없으니 기다리는 수밖에 없었다.

그리고 그 시간은 지루하게 이어졌다.

얼마나 지났을까.

그녀의 자리에 놓인 전화벨이 숨 가쁘게 울린 것은 퇴근을 20여 분 남겼을 때였다.

급하게 수화기를 들었다.

"안녕하세요. 개발 1부 윤선아입니다."

—선아야, 나야.

"강호 씨, 그렇지 않아도 기다리고 있었어. 무슨 일 있어?"

—놀라지 말고 잘 들어. 나 천하그룹에 합격했어.

"그거… 정말이야?"

—그래, 세 번이나 확인했어. 다음 주에 신입 사원 연수에 들어가야 해.

"축하해… 정말, 축하해."

어떻게 전화를 끊었는지 알 수 없었다.

정신이 멍했고 여전히 믿어지지 않아 한동안 책상에 놓인 캘린더에 시선을 박고 움직이지 않았다.

천하그룹에 합격했단다. 사랑하는 사람이······.

현실이 현실로 여겨지지 않은 기쁨.

그러나 믿을 수 없는 기쁨이 현실로 다가오기까지는 그리 오래 걸리지 않았다.

무엇에 홀린 듯 자리를 박차고 일어났다.

그러고 그녀는 두 손을 번쩍 들고 직원들 앞에서 두 손을 번쩍 들었다.

"만세!"

조용했던 사무실이 그녀의 고함 소리에 화들짝 놀랐다.

새로운 임무를 부여받아 마음이 무거워졌던 직원들 중에는 윤선아의 고함 소리를 듣고 자리에서 벌떡 일어서는 사람까지 있을 정도였다.

박강호는 윤선아의 좋아하는 모습을 떠올리며 푸근한 웃음을 얼굴 한가득 매달았다.

자신의 꿈을 이룬 것보다 사랑하는 사람이 행복해하는 모습을 볼 수 있는 것이 더욱 기뻤다.

그녀는 천하그룹에 최종 합격한 날 저녁을 먹고 집으로 와서 밤늦도록 함께 대화를 나누다가 따스한 키스를 해준 후 떠나갔다.

박강호는 근사하게 양복을 차려입고 집을 나섰다.

파주에 있는 천하그룹 연수원까지는 꽤 많은 시간이 걸렸기 때문에 아침 일찍 집을 나서야 했다.

지하철을 타고 시외버스로 갈아타서 연수원에 도착했을 때는 9시가 훌쩍 넘은 시간이었다.

하지만, 아직 시간에는 여유가 있었다.

천하그룹에서는 10시까지 도착하라고 했기 때문에 서두르지 않아도 될 시간이었다.

그럼에도 박강호는 택시를 타고 연수원으로 향했다.

미리 가서 그 유명한 천하그룹의 연수원을 일찍 보고 싶었기 때문이었다.

정문에 들어서자 정복을 차려입은 수위가 신원 확인을 했다.

그는 최종 합격자의 명단을 손에 쥐고 있었는데 박강호의 이름을 확인한 후에야 통과시켜 줬다.

재계 1위라는 타이틀은 그냥 생겨난 것이 아닌 모양이었다.

정문을 통과하는 데도 이렇게 철지하다는 것은 천하그룹의 사풍이 얼마나 엄정한지 충분히 알려주는 것이었다.

연수원은 정문을 통과하고도 한참을 올라가서야 나타났다.

뭐라고 표현해야 할까.

일개 기업의 연수원이 마치 오스트리아의 궁전처럼 화려하게 빛나고 있었다.

택시에서 내려 한참 동안 멍하니 건물들의 배치와 정원들을 바라보았다.

경이롭다.

자신이 입사하게 된 천하물산의 본사 건물을 보면서 압도당

했던 기분은 지금 연수원을 본 소감에 비하면 아무것도 아니었다.

연수원 건물을 모든 계열사가 쓰기 때문에 그룹 차원에서 웅장하게 지었다는 기사를 본 적이 있는데 명불허전이란 표현을 쓰는 것조차 어울리지 않을 정도로 대단했다.

한참을 구경하다 천천히 발길을 돌려 안내표지에 따라 건물 쪽으로 향했다.

안내표지에는 신입 사원들이 길을 잃지 않도록 친절하게 접수 장소를 알려주는 문구들이 적혀 있었다.

접수 장소는 마치 호텔처럼 지어진 건물이었는데 로비가 모두 대리석으로 치장되어 번쩍번쩍 빛났다.

인사부 직원의 설명에 따라 접수를 하고 그가 가르쳐 준 대로 정면에 보이는 문을 열고 들어가자 엄청난 규모의 강당이 나타났다.

30분이나 먼저 왔으니 사람이 별로 없을 것이라 생각했지만 이미 강당에는 많은 사람들이 먼저 와서 자리를 차지하고 있었다.

박강호는 빈자리에 앉으며 고개를 갸웃거렸다.

이번 공채로 뽑은 신입 사원의 숫자는 불과 30명에 불과했다. 그런데도 이미 와 있는 사람들의 숫자는 대충 헤아려도 70명이 넘고 있었다.

이번 연수는 천하물산의 신입 사원에 한정된 것으로 정해져 있었는데 왜 이렇게 많은 사람들이 온 것인지 이해할 수 없었다.

하지만 그 의문은 문을 통해 사람들이 끊임없이 들어오면서
점점 더 커졌다.

10시가 다가오면서 사람들의 숫자는 거의 200명에 육박했던
것이다.

궁금했으나 물을 수가 없었다.

아무도 아는 사람이 없었으니 그의 궁금증을 해결해 줄 사
람이 있을 리 만무했다.

이윽고 정해진 시간이 되어 멋들어진 양복을 입은 인사부
직원이 단상으로 올라왔다.

"신입 사원 여러분, 반갑습니다. 저는 인사차장 석명준이라고
합니다. 지금부터 천하물산 신입 사원의 연수 일정과 주의 사
항에 대해서 설명드리겠습니다……."

혹시 자신이 알았던 것과 다르게 다른 계열사의 신입 사원
들과 같이 받는 것일지도 모른다는 박강호의 생각은 석명준의
설명으로 단박에 날아갔다.

궁금증은 미궁 속으로 빠져들었다.

30명이 어째서 200명 가까이 되었는지 도무지 알 방법이 없
었다.

그렇다고 해서 면접에 왔던 사람들도 아니었다.

마지막 순서에서 면접을 봤기 때문에 공채로 들어온 30명의
얼굴은 대충 눈에 익었으나 나머지는 전혀 본 적이 없는 사람
들이었다.

이해가 되지 않은 일이었지만 그렇다고 언제까지 그 의문을

떠올리고 있을 수는 없었다.

인사차장의 연수 일정과 주의 사항은 반드시 들어야 했고 기억해야 되는 내용들이었기 때문이었다.

석명준이 단상에서 내려가자 사회자의 진행에 따라 천하그룹의 홍보 영상이 상영되었다.

세계로 뻗어나가는 천하그룹의 역사와 주요 사업, 그리고 비전에 관한 홍보 영상은 거의 영화나 다름없을 정도로 훌륭하게 제작되어 신입 사원들의 가슴에 한가득 포부를 심어주기에 충분했다.

홍보 영상이 끝나고 기획본부장의 환영사가 이어진 후 거의 1시간 반이 지나서야 쉬는 시간이 주어졌다.

박강호는 천천히 자리에서 일어나 로비로 나갔다.

그때 그는 또다시 이상한 현상을 발견할 수 있었다.

삼삼오오.

신입 사원들이 서너 명씩 모여서 유쾌하게 대화를 나누는 장면이 목격되었던 것이다.

도대체 뭘까.

저들의 행동은 친구들처럼 자연스러워 도저히 초면이라고 보기 힘들었다.

두런거리며 사람들을 구경하던 박강호가 한곳에 시선을 고정시켰다.

그 많은 사람 중에서 혼자 커피를 마시며 여유 있게 자신처럼 사람들을 관찰하는 사내를 발견했기 때문이었다.

천천히 걸어서 그에게 다가갔다.

그도 혼자라면 대화를 시도할 필요가 있었다.

"안녕하십니까. 저는 박강호라고 합니다."

"아… 네. 저는 한석율입니다."

"반갑습니다. 신입 사원 맞죠?"

"맞습니다."

"궁금한 게 있어서 그러는데 물어봐도 되겠습니까?"

"뭐죠?"

"이번 신입 사원 숫자는 30명이라고 알고 있습니다. 그런데 사람들이 무척 많군요. 신입 사원이 이렇게 많은 이유가 뭔지 모르겠습니다."

박강호의 질문에 커피를 입으로 가져가던 한석율이 어이없다는 표정을 지었다.

그의 얼굴에는 이놈이 뭘 잘못 먹었나 하는 의미가 담겨 있었다.

한석율의 입이 열린 것은 박강호가 정말 궁금한 눈으로 자신에게서 시선을 떨어뜨리지 않았기 때문이었다.

"이제 같은 식구가 되었으니까 말해도 괜찮겠죠. 이번 신입 사원의 숫자는 정확하게 181명입니다. 공채가 30명이고 나머지는 모두 특채로 뽑은 사람들이죠."

"특채요?"

"그렇습니다. 회사 측에서는 공표를 안 했지만 미국, 영국 등 세계의 내로라하는 대학 출신들과 SKY에서 뽑은 걸로 알고 있습니다. 물론 든든한 줄을 가진 사람들도 상당수 있다고 들었습니다."

"그렇군요. 그럼 한석율 씨도 특채로 들어온 건가요?"

"저는 옥스퍼드 출신입니다."

"궁금증을 풀어줘서 고맙습니다. 앞으로 자주 뵙게 될 것 같군요. 좋은 연수 되시기 바랍니다."

박강호가 가볍게 고개를 숙여 인사한 후 뒤로 물러났다.

이제야 알았다.

끼리끼리 모여 유쾌하게 대화를 해서 이상하다 생각했더니 같은 대학을 나온 놈들이다.

한석율의 설명에 자신도 모르게 웃음이 나왔다.

이렇게 또 하나를 배웠다.

각종 매스컴을 통해서 사회의 정의를 외치던 천하그룹마저 자신들의 이익을 위해서는 불공정한 게임을 서슴지 않고 저지른다는 사실을.

박강호는 한석율의 곁을 떠나 각종 차가 준비된 곳으로 가서 커피를 탔다.

그런 후 커피를 마시며 즐거운 듯 떠드는 사람들을 바라보았다.

즐거우냐?

그래, 즐겁겠지.

좋은 환경에서 자라 좋은 대학 나왔고, 최고라는 천하그룹에 아무런 어려움 없이 들어왔으니 좋을 게다.

단숨에 직감으로 알 수 있었다.

저놈들과 경쟁을 하기 위해서는 선빵으로 몇 대 얻어터진 후에야 싸워야 된다는 사실을 말이다.

하지만, 박강호는 가소롭다는 표정으로 놈들을 바라보았다.

나는 야생에서 철저하게 약육강식의 세계에서 커온 놈이다.

너희들은 모르겠지.

사람이 얼마나 잔인하고 어디까지 견딜 수 있는지를.

아무리 묶어놓는다 해도 때가 되면 나는 우리에서 풀려난 호랑이가 될 것이다.

두고 보라.

너희 같은 온실 속의 화초들이 어떻게 나에게 꺾이는지 똑똑히 보여줄 테다.

연수는 대부분 주로 현업에서 벌어지는 일들에 대하여 담당 부서의 차장급들이 설명해 주는 것으로 진행되었다.

물론 일정 중에는 팀별 극기 훈련도 있었고 레크리에이션과 대화의 시간들도 있었다.

박강호는 대화의 시간에 자신을 소개하면서 예상대로 차가워지는 팀원들의 시선을 느꼈다.

그들의 얼굴에는 C대 출신인 박강호가 어떻게 천하그룹에 들어왔는지 이해할 수 없다는 표정이 들어 있었다.

그럼에도 박강호는 연수 시작부터 끝까지 당당하게 그들을 대하며 일정을 무사히 마쳤다.

이것이 시작이라는 걸 안다.

인사 발령서부터 현업에서까지 불공정한 차별화가 진행될 것이란 것도 충분히 예상할 수 있었다.

그럼에도 무섭지 않다.

어떠한 환경에서도 이겨낼 수 있는 배짱과 투지가 있었으니 두려울 것이 하나도 없었다.

신입 사원들은 연수 일정이 끝나는 날이 다가오자 긴장감에 사로잡혔다.

마지막 날에 신입 사원들의 발령이 공고되기 때문이었다.

천하물산에는 수많은 부서가 있었다.

본사만 해도 5개 중앙본부와 이십여 개의 실처가 존재했고 전국에는 7개의 지역본부와 70여 개의 지사, 그리고 150개의 생산 공장이 존재할 정도로 방대한 조직이었다.

당연히 신입 사원들은 본사를 희망했다.

일단 집에서 다닐 수 있다는 이점이 있을 뿐만 아니라, 인맥을 넓히고 업무 능력을 향상시키는 데 최적의 조건을 가졌기 때문이었다.

더군다나 신입 사원 때 본사에 터를 잡는 순간 직장 생활의 대부분을 본사에서 보낼 수 있으니 어떤 수단을 동원해서라도 본사에 남기를 원했다.

회사에서는 사람의 인맥이 무섭게 작용한다.

일단 본사에 터를 잡고 일을 하면서 윗사람과 유대 관계를 긴밀하게 맺어놓게 되면 승진을 해도 잠시 지역본부에 1년 정도 내려갔다가 곧바로 복귀할 수 있는 장점이 있었다.

물론 일하는 동안 인정을 받았을 경우에 한정된 이야기였다.

업무 능력이 현저하게 떨어지거나 상사의 말에 복종하지 않는 경우, 또는 술버릇이 고약해서 자주 사고를 치게 되면 본사로 복귀하지 못하게 된다.

박강호는 인사부 직원이 단상에 나와 호명하는 것을 들으며 눈을 감았다.

대부분의 요직은 특채로 뽑은 놈들에게 돌아갈 것이 분명했다.

장학금까지 주면서 미리 스카우트할 정도였으니 어쩌면 당연한 일인지도 몰랐다.

그랬기에 박강호는 속으로 깊게 한숨을 내쉬었다.

본사는 물 건너갔고 지역본부도 어렵다.

그렇다면 지사나 생산 공장 쪽으로 간다는 얘긴데 그리될 경우 윤선아와 떨어져야 한다는 문제가 생겼다.

천하그룹에 입사했다는 기쁨은 잠시뿐이었고 시간이 지나자 암초처럼 수많은 문제들이 튀어나오기 시작했다.

본사에 배치된 사람들은 기쁨의 웃음을 지었고 지사나 생산 공장으로 이름이 호명된 사람들의 표정은 굳어질 대로 굳어져 가면을 쓴 것처럼 변했다.

역시 자신의 판단대로 지방에 발령이 난 사람들은 대부분 공채 출신이었다.

웃기는 얘기다.

수많은 경쟁자를 뚫고 철저하게 실력을 검증받았던 공채 합격자들이 지방으로 밀려나는 것은 특채 출신을 우선 배정한다는 회사의 방침이 밑바탕에 깔려 있다는 뜻이었다.

드디어 박강호의 이름이 불려졌다.

"박강호, 본사 기획실."

잠시 동안의 침묵.

신입 사원의 인사 발령이 중간 정도 진행되었을 때 호명된 박강호의 소속은 발령을 받고 흥분에 젖어 있던 사람들은 물론이고 자신의 차례를 기다리고 있던 사람들까지 침묵 속으로 빠뜨려 버렸다.

본사 기획실은 인사 발령이 시작된 후 처음으로 나타난 부서였다.

그러나 그것이 사람들을 침묵으로 빠뜨린 이유가 아니다.

기획실.

그 이름이 주는 무게가 그만큼 크기 때문이었다.

기획실은 천하물산의 심장이나 다름없는 부서였다.

그랬기에 베스트 중의 베스트만 들어갈 수 있는 곳이었다.

그런데 C대 출신이며 생산 공장으로 갈 것이라 예상했던 박강호가 기획실로 발령이 났으니 사람들은 모두 놀란 눈으로 박강호의 얼굴을 쳐다보며 수군댈 수밖에 없었다.

"저놈 도대체 뭐야?"

"크크… 재밌는 놈이지."

"뭐야, 저놈에 대해서 아는 것 있어?"

"있지. 그것도 꽤 많이."

"어떤 배경이지?"

역시 날카롭다.

윤민수는 캠브리지 출신답게 정곡을 찔러 질문을 던져왔다.

놈은 같은 고등학교 출신이었고 방학 때마다 만났기 때문에 서로에 대해서 너무나 잘 아는 사이였다.

그럼에도 한석율은 대답을 해주는 대신 흥미로운 눈으로 박강호를 바라보았다.

불쑥 찾아와 인사를 하며 궁금했던 점을 물어본 남자.

질문의 내용에서 그가 천하그룹에 대해 아무것도 모르는 멍청이라는 걸 단박에 알 수 있었다.

하지만 시간이 지나면서 점점 선입감이 바뀌기 시작했다.

우연인지 인연인지 같은 팀이 되면서 박강호를 관찰할 수 있는 시간이 많아졌기 때문이었다.

예상처럼 팀원들은 박강호가 C대 출신이란 것을 알고 난 후 알게 모르게 경원하기 시작했다.

하지만 박강호는 아무런 내색도 하지 않았고 오직 자신이 할 일만 했다.

그러다가 어느 정도의 선을 넘는 놈이 나타나면 가차 없이 경고를 날렸다.

그냥 경고를 날린 것이 아니었다.

경고를 날릴 때 그의 시선에서는 무시무시한 포스가 터져나와 상대방을 단박에 꺼꾸러뜨렸다.

지식인으로서의 이성은 통하지 않는 시선.

바로 야수의 눈빛이었다.

그런 일이 두세 번 반복하자 팀원들의 시선이 슬금슬금 변하는 것이 느껴졌다.

정말 재밌는 일이었다.

주먹을 들지 않고 단지 강렬한 시선만으로 상대를 제압한다는 것은 정말 거친 세계를 살아오지 않는 한 불가능에 가까운 것이었다.

그랬기에 한석율은 사촌 형인 한민우를 통해 박강호가 어떤 놈인지 알아봤다.

한민우는 인사부장이었기 때문에 고급 정보를 알아낼 수 있는 귀중한 루트였다.

필기시험 차석.

C대 출신이면서 다른 면접관들이 미는 경쟁자들을 마지막 순간 탈락시킬 수 있었던 것은 기획본부장의 후광이 작용했다는 것이었다.

점점 궁금증이 증폭되었고 박강호의 정체가 의심스러웠다.

그의 뛰어난 머리로도 매칭이 되지 않기 때문이었다.

필기시험 차석을 차지할 정도라면 뛰어난 머리와 치열한 노력이 있었다는 뜻이다.

워낙 전국에서 난다 긴다 하는 놈들이 몰려왔기 때문에 인사부장인 사촌 형은 옥스퍼드를 졸업한 자신도 필기시험에서 탈락할 확률이 구십 프로가 넘는다고 단언할 정도였다.

하지만 놈의 시선에서 흘러나오는 야수의 눈빛과 샤워를 하면서 확인한 놈의 몸뚱아리는 그가 얼마나 험악한 세계에서 살아왔는지 단적으로 알 수 있게 만드는 것이었다.

살다 보면 가끔가다 맹장 수술한 흔적을 가지고 싸우다가 칼에 찔려서 그랬다는 둥 말도 안 되는 뻥을 치는 놈들이 있다.

그런 놈들의 특성은 남이 가지고 있지 않는 흔적으로 우월감을 나타내고 싶어 한다는 것이었다.

그러나 박강호는 자신의 몸에 대해 아무 말도 하지 않았다.

하긴 아무 말 하지 않아도 그의 몸을 본 놈들은 물어볼 엄두조차 내지 못했다.

도대체 몇 군데에 흉터가 있는 건지 세어볼 엄두조차 나지 않았다.

칼자국도 보였고 꿰맨 자국도 여러 개 있었다.

같은 팀의 남자 직원들이 박강호의 강렬한 시선을 받으며 꼬리를 만 것은 어쩌면 그의 육체에서 받은 충격이 그만큼 컸기 때문일 것이다.

한석율이 계속 생각에 잠겨 있자 이번에는 우측에 앉아 있던 강수연이 불쑥 입을 열었다.

이번 신입 사원 중의 삼십 프로 정도는 여자였는데 그중의 반은 유학파다.

강수연은 유일하게 옥스퍼드에서 한석율과 같이 공부했던 여자였다.

"오빠, 왜 말 안 해. 뭐 숨겨야 할 정도로 배경이 대단한 거야?"

"남의 일 알아서 좋을 것 없잖아."

"기획실로 발령 날 정도면 엄청난 배경이 있다는 뜻이잖아. 그 정도는 상식인데 뭘 빼고 그래. 말해봐. 궁금하단 말이야."

"정보가 새 나가면 곤란한 경우가 생길 거야. 나한테 말해준 분한테 폐가 될 거고."

"뻔한 사실 가지고 자꾸 튕길래? 오빠 사촌 형이 여기 인사부장이란 거 대충 다들 알고 있거든. 그러고 말이야 오빠가 말 안 해도 이틀이면 다 나오게 돼 있어. 이 세계에서 오빠만 정보망을 가지고 있는 게 아니란 말이지."

"그럼 거기 가서 알아보면 될 거 아니냐."

"지금 당장 궁금해서 그렇지. 말해봐, 뭐야?"

"기획본부장."

"어머, 외부의 줄인 줄 알았더니 내부 실세네. 그렇다면 이해된다."

"왜 흥미가 생겨?"

"생기지. 저 정도 마스크에 줄도 괜찮다면 여자로서 흥미가 동하는 게 당연한 거 아냐?"

"하여간, 쯧쯧······."

한석율이 강수연의 반응에 쓴웃음을 지었다.

옥스퍼드에서 그녀와 같이 지낸 시간은 3년가량 되었지만 자신에게는 한 번도 이런 반응을 나타낸 적이 없었다.

물론 자신에게 애인이 있었다는 게 커다란 이유였지만 그녀는 욕심이 날 만큼 매력적인 여자였다.

그의 고개가 그녀를 따라 박강호에게 돌아갔다.

새삼 또 다른 관찰거리가 생겨났다.

강수연 같은 여자가 관심을 보일 정도라면 웬만한 여자들은 전부 넘어올 정도의 매력이 박강호에게 있다는 것을 의미하는 것이기 때문이었다.

박강호는 발령을 받고 서울로 돌아온 후에도 얼떨떨한 마음을 감추지 못했다.

도대체 어째서 자신이 기획실에······.

기획실은 최고의 인재들만 가는 곳으로 알려졌고 실제로도 천하물산의 브레인들만 있는 곳이었다.

그런 곳에 자신이 배치받았다는 것은 정말 이해할 수 없는 일이었다.

그렇다고 인사부에 물어볼 수도 없었다.

어디 산골짜기에 있는 생산 공장에 간 것도 아니면서 인사 발령에 대해 물어본다는 것은 오해의 소지를 만들 가능성이 컸다.

찜찜했다.

최고의 부서에 들어갔다는 기쁨보다 육체를 옭아매는 그물에 빠져든 것 같은 기분이 들어 박강호는 찜찜한 기분을 떨쳐내지 못했다.

하지만 그 찜찜함은 커피숍 문을 열고 들어서는 윤선아를 보면서 단박에 날아갔다.

"자기야!"

마치 나비처럼 날아왔다.

그런 후 부드럽게 다가와 포옹하며 가슴에 안겼다.

오랜 시간 지속된 것은 아니었지만 그 짧은 순간만으로도 그녀의 체취가 온몸을 적시는 데 충분했다.

"강호 씨, 연수 잘 받았어?"

"응."

"힘들지는 않았고?"

"힘들다기보다는 조금 지루했어. 계속 앉아서 강의를 들었으니까. 그래도 천하그룹에 관한 것들이라 열심히 들었어."

"어련하겠어요."

다가온 종업원에게 커피를 시킨 윤선아 환한 웃음을 지었다.

박강호는 저렇게 말했어도 어떤 누구보다 열심히 강의를 들었을 게 뻔했다.

"선아야, 나 발령받았어."

"어디로?"

갑작스러운 박강호의 말에 윤선아가 급격하게 긴장된 표정을 만들었다.

사랑하는 사람이 어디에 근무하느냐에 따라 자신의 삶이 엄청난 변화를 겪게 될 것이기 때문이었다.

천하그룹에 대해서 공부하다 보니 지방에 근무해야 되는 경우가 많다는 것을 알게 되었는데 박강호는 지방에 근무할 가능성이 무척이나 컸다.

그러나 박강호의 대답은 전혀 예상치 못했던 것이었다.

"나 본사 기획실로 가게 되었어."

정말이냐고 되묻지도 못했다.

도대체 말이 되어야 반문이라도 할 텐데 너무 기가 막혀 그저 눈만 껌벅였다.

벌써 몇 번째란 말인가.

예상치 못했던 천하그룹 필기시험에 떡하니 합격하더니 기어코 눈물까지 흘리게 만들었던 면접까지 최종 합격해서 그녀를 흥분의 도가니에 몰아넣었다.

그런데 이번에는 기획실이란다.

"강호 씨, 지금 소공동에 있는 그 본사 말하는 거야?"

"응."

"정말이지… 정말 맞는 거지?"

"맞아. 이젠 선아랑 데이트하기 쉬워질 것 같아."

소공동에서 남대문까지는 빨리 걸으면 불과 10분 거리에 있었다.

그만큼 가까운 거리였으니 이제 둘이 붙어 있다고 봐도 될

판이었다.

그랬기에 뒤늦게 현실을 받아들인 윤선아의 얼굴은 웃음으로 가득 차기 시작했다.

"우리 매일 만나자. 그동안 강호 씨 바빠서 보지 못했잖아. 난 이제 매일같이 강호 씨 옆에 있을 거야."

"하하, 그래. 그렇게 해. 그런데 선아야!"

"응, 왜?"

"다음 주 토요일에 혹시 집안 행사 있어?"

"없는데, 왜?"

"그럼 부모님께 말씀드려. 내가 찾아뵙겠다고."

"우리 집에 온다는 뜻이야?"

"그래, 가서 우리 선아 다른 곳에 시집보내지 말아달라고 부탁할 생각이야. 혹시 싫은 건 아니지?"

제25장
사랑합니다

　기획실은 58층의 천하물산 본사 건물 중 21층에 자리 잡고
있었다.

　눈을 들어 천하물산 빌딩을 올려다보자 면접을 보기 위해
왔던 것과 근본부터 다른 감정이 가슴을 지배했다.

　앞으로 오랫동안 그의 삶이 되어버릴 장소.

　그 장소에 첫발을 들여놓는 박강호의 가슴속에는 반드시 자
신의 꿈을 이루고 말겠다는 투지가 가득 차 있었다.

　하지만 떨리는 것은 어쩔 수 없다.

　천하물산의 본사 빌딩은 마치 거대한 공룡처럼 보일 정도로
무시무시한 포스를 내뿜으며 그를 기다리는 것처럼 느껴졌다.

　새로운 양복을 받쳐 입은 박강호는 마치 모델처럼 멋있었다.

연수를 마치고 본격적으로 회사에 출근해야 했기 때문에 윤선아와 백화점에 가서 괜찮은 양복을 사 입었다.

비록 비쌌으나 아까워하지 않았다.

동료와 상사들에게 처음부터 트집을 잡히고 싶지 않았을 뿐만 아니라 새로운 마음으로 시작하고 싶다는 생각 때문이었다.

인사부에서는 출근 날부터는 관여를 하지 않았다.

연수를 마치고 발령이 난 신입 사원은 담당 부서의 책임으로 넘어가기 때문이다.

박강호는 미리 받은 신분증을 목에 매달고 엘리베이터를 탄 후 21층으로 올라갔다.

가슴을 쭉 폈지만 두근대는 심장을 막을 수는 없었다.

기획실.

마치 철옹성처럼 굳게 닫혀 있는 기획실의 문을 열고 들어서자 거의 삼백 평에 달하는 넓은 공간이 나왔다.

그러고 거기에는 수많은 사람이 자신만의 칸막이 속에 숨어 열심히 뭔가를 하고 있는 것이 보였다.

주춤거리며 가장 가까운 곳에 있는 여직원에게 다가갔다.

"안녕하세요. 저는 이번에 입사한 박강호라고 합니다."

"아, 그래요. 그렇지 않아도 기다리고 있었어요."

홍수지란 이름을 사원증에 매단 여직원이 밝게 웃으며 박강호를 반갑게 맞아주었다.

그녀는 아마 오늘 들어오는 신입 사원들을 안내하는 임무를 맡았던 모양이었다.

오늘 기획실로 들어오는 신입 사원은 박강호를 비롯해서 5명이었다.

세 명은 남자였고 두 명은 여자였는데 그중에는 한석율과 강수연도 포함되어 있었다.

홍수지의 안내에 따라 기획실 한쪽에 있는 방으로 가자 세 명이 먼저 와 있는 것이 보였다.

한석율은 박강호를 보며 대뜸 악수를 청해왔는데 처음과는 무척 다른 태도였다.

사람이 살아가는 세상에서는 뭔가 있는 놈에게 쓸데없는 적의를 보일 필요가 없다는 게 그가 살아가는 삶의 방식이었다.

"박강호 씨, 다시 만나서 반갑습니다."

"그렇군요. 이렇게 다시 만나서 기쁩니다."

"저도 인사할게요. 저는 강수연이라고 해요. 앞으로 우리 잘 지내요."

강수연이 묘한 눈으로 악수를 청해왔다.

그녀 역시 한석율과 마찬가지다. 하지만 그녀에게는 한석율에게 없는 또 다른 뭔가가 숨어 있었다.

여자의 악수를 거부하는 바보는 사회를 살아갈 자격이 없다.

그랬기에 박강호는 강수연에 이어 자리에서 일어난 한희진과도 악수를 했다.

아직 한 사람이 오지 않았기 때문에 네 사람은 자리에 앉아 홍수지가 타준 커피를 마시며 대화를 나눴다.

예상대로 기획실에 온 사람들의 학벌과 배경은 대단했다.

한석율과 강수연은 옥스퍼드 출신이었고 한희진과 아직 오지 않은 강병철은 S대 출신이었다.

하긴 근본을 따진다면 한석율도 S대 출신이다.

학부를 마치고 옥스퍼드에 진학했기 때문인데 그렇게 보면 박강호와 강수연만이 출신 성분이 달랐다.

더욱 웃긴 것은 강수연이 Y대를 2년 다니다가 옥스퍼드로 진학했다는 것이었다.

천하물산이 SKY로 도배되어 있다고 하더니 신입 사원들의 출신 성분만 따져도 금방 이해가 되었다.

다시 의문이 떠올랐다.

이런 사람들과 함께 자신이 기획실로 발령 난 이유를 아직까지 자신은 알지 못하고 있었다.

강수연이 대화가 잠깐 끊긴 지루함을 이겨내지 못하고 입을 연 것은 박강호가 식은 커피를 마저 입으로 털어 넣었을 때였다.

"박강호 씨는 기획본부장님과 어떤 사이세요?"

"무슨 말인지 이해가 안 됩니다."

"잘 아는 사이 아니에요?"

"기획본부장님을 제가 어떻게 알겠습니까."

대답을 들은 강수연이 박강호를 빤히 쳐다보다가 쓴웃음을 지으며 입을 닫았다.

신입 사원인 그들마저 알고 있는 내용을 박강호는 부인하고 있었다. 아마 기획실 전부가 박강호와 기획본부장의 관계를 알고 있을 게 분명했는데도 말이다.

바보라서 그런 건 아니다.

오히려 너무 영악하다고 보면 맞을 것이다.

최고위층과 밀접한 관계가 있다고 그것을 대놓고 떠벌리는 놈은 단순하거나 머리가 빈 놈일 테니 자신이라도 그렇게 반응할 수밖에 없다는 판단이 들었다.

그랬기에 강수연은 더 이상 질문을 하지 않고 뒤늦게 강병철이 들어오자 자리에서 발딱 일어섰다.

이제 신입 사원들이 다 모였기 때문에 기획실의 실세들에게 인사를 갈 시간이었다.

기획실은 모두 네 개의 부서로 구분되어 있었다.

전략경영부, 조직관리부, 대외협력부, 예산집행부.

각부는 부장 휘하에 또다시 네 개의 팀으로 구성되어 있었는데 팀장들에 의해 실무적인 일들이 진행되는 시스템이었다.

신입 사원들을 본격적으로 인솔해서 고위층들에게 인사를 시킨 것은 홍주희가 아니었다.

홍주희는 대기실에 있던 신입 사원들을 이끌고 밖으로 나와 어딘가로 잠시 갔다가 돌아왔는데 그녀를 따라 잠시 후에 눈을 의심케 할 정도로 아름다운 여자가 왔던 것이다.

전략 1팀장이라고 자신을 소개한 유태희였다.

정말 영화배우라고 해도 믿을 정도로 늘씬한 몸매와 미모를 가진 사람이었다.

그녀의 인솔로 박강호와 신입 사원들은 별도로 마련되어 있는 기획실장방에 들어가 간단한 티타임을 가진 후 각 부의 부장들에게 차례대로 인사를 했다.

팀장들과 직원들에게도 일일이 찾아가 자신들을 소개했기 때문에 인사를 마친 것은 거의 한 시간이 지났을 때였다.

모든 부서에 인사를 마치자 유태희의 입에서 신입 사원들의 부서 배치가 흘러나왔는데 한석율은 조직관리부였고 강수연과 강병철은 예산집행부, 한희진은 대외협력부였다.

여기서 또 이상한 일이 벌어졌다.

박강호가 기획실 중에서도 핵심이라는 전략경영부로 가게 됐던 것이다.

도대체 자신에게 무슨 일이 벌어지고 있는 건지 알 수가 없었다.

왜 아무것도 없는 자신이 계속해서 요직 중의 요직을 배정받게 되는 것인지 이유가 궁금해서 미칠 지경이었다.

유태희는 신입 사원들을 모두 배치시킨 후 자신의 자리로 돌아가서 편안한 자세로 책상에 놓여 있는 신입 사원 프로필을 들어 올렸다.

어제 신년 천하물산의 비전을 담은 전략 보고를 마친 상태였기 때문에 잠시 동안은 한가한 상태로 지낼 수 있었다.

며칠 전 신입 사원들의 프로필을 보면서 의외의 인물을 발견한 그녀는 고개를 갸웃거렸다.

기획실로 발령받을 수 없는 인물이 포함되어 있었기 때문이었다.

그 당시는 정신없이 바빴기에 의문은 갔으나 깊게 생각하지 않았다.

신입 사원의 발령은 고위층에서 이루어지는 경우가 대부분이었으니 자신은 거기에 관여할 이유가 없었다.

하지만, 어제 기획본부장의 호출로 28층에 다녀온 이후로 더욱 의문이 커졌다.

박강호를 전략경영부로 배치하라는 지시는 정말 이해할 수 없는 것이었다.

전략경영부는 그야말로 톱 중의 톱들만이 올 수 있는 부서였다.

천하물산의 모든 출발이 전략경영부에서 이루어진다고 볼 수 있을 정도로 중요한 부서였기 때문에 인원의 배치는 신중에 신중을 거듭했다.

가끔가다 막강한 줄을 타고 들어오는 놈들이 있기는 했다.

그룹 차원에서 도저히 거부할 수 없는 배경을 가진 놈들 말이다.

그런 놈들이 자신의 위치와 실력을 모른 채 기획실로 들어오는 경우가 있지만 대부분 대외협력부로 보내진다.

버티지 못하기 때문이다.

실력도 없는 상태에서 기획실에 근무한다는 것은 스스로 창

살 없는 감옥에 갇히는 것과 비슷했다.

그랬기에 그런 놈들은 대외협력부에서 일정 기간 일하다가 막강한 배경이 소멸되었을 때 자연스럽게 도태시키는 것이 기획실의 룰이었다.

그런데 기획본부장은 그동안의 룰을 깨고 박강호를 전략경영부에 앉히라는 지시를 내렸다.

뭔가 있다.

기획본부장은 외국의 유수 기업에 근무하던 사람을 경영진에서 스카우트해 왔는데 업무 스타일이 철저했고 누군가에 휘둘리는 사람이 아니었다.

그런 사람이 이렇게 적극적으로 누군가를 옹호한다는 것은 자신이 알지 못하는 뭔가가 있다는 뜻이었다.

알아볼 필요성이 있었다.

자신의 휘하에 있는 사람이 어떤 배경으로 이곳까지 흘러왔는지 알지 못한다면 업무에 차질이 발생할 수도 있기 때문이다.

그녀는 전략 1팀장으로 기획실의 주무 팀장을 맡고 있는 사람이었다.

아직 29살밖에 되지 않은 그녀가 주무 팀장을 맡고 있는 것은 하버드를 졸업한 후 세계 톱클래스의 기업에서 일했다는 커리어가 뛰어난 것도 있지만 남들이 알지 못하는 비밀이 있었기 때문이었다.

물론 그 비밀을 최고 경영진 몇몇은 알고 있었다.

그녀는 천하물산에서 경영자 수업을 받고 있는 그룹 오너의 직계 혈통이었고 경영진은 그러한 비밀을 철저하게 함구하는 중이었다.

박강호는 일주일이 어떻게 지나갔는지 모르게 열심히 뛰어다녔다.

그는 선배들의 지시로 복사실에서 살다시피 했고 기안문을 들고 다니며 문서화하기 위해 타자를 맡고 있는 여직원 옆을 떠나지 못했다.

일을 배우지 못했으니 어쩌면 당연한 일이었다.

최고학부를 나와 3년 동안 공부했던 결과가 이런 허드렛일을 하는 것이라는 자괴감은 들지 않았다.

어차피 일에는 순서가 있는 법이니 하나씩 배워 나가면 된다는 생각을 가졌다.

퇴근 시간이 지나 모든 직원이 빠져나갔을 때 박강호는 사무실에 남아 선배들이 했던 일들을 조심스럽게 하나씩 살폈다.

그들이 무슨 일을 하고 있는지 알아야 했다.

언제까지 복사와 기안문이나 들고 다닐 수는 없다.

최대한 빨리 배우고 익혀야 자신의 위치를 확보할 수 있을 테니 말이다.

집을 나선 박강호는 최대한 정성스럽게 외모를 꾸몄다.

구두도 깨끗하게 닦았고 선물로 받았지만 그동안 쓰지 않던

향수도 진하지 않게 뿌려 은은한 향기가 몸에 배게 만들었다.

학교 앞에서 자신을 기다리고 있던 윤선아는 박강호가 말끔한 모습으로 나타나자 활짝 웃음을 지었다.

그동안 데이트하면서 이런 모습을 본 적이 한 번도 없었기 때문이었다.

"향수 뿌렸어?"

"응, 좀 진한가?"

"아냐, 좋아."

"미리 말씀은 드려놓은 거지?"

"그럼. 당연하지."

"솔직하게 말씀드렸어?"

"반만… 나머지는 강호 씨가 말씀드려."

"어디까지 말했는데?"

"천하그룹 기획실에 다닌다고 했어."

"알았다."

무슨 뜻인지 알 수 있었다.

나이가 찰 대로 찬 딸이 뒤늦게 남자를 데려온다는 말을 듣고 그녀의 부모님은 많은 기대를 하고 있었을 것이다.

그녀는 부모님이 기대할 정도로 괜찮은 여자였고 사회적인 위치도 확보한 여자였다.

그런 기대를 윤선아는 딸의 입장으로 깨뜨리기 힘들었을 게 분명했다.

아무것도 없는 집안의 막내아들.

결혼을 하게 되면 시댁에서 아무런 지원이 되지 않아 월세방에서 시작해야 된다는 사실을 그녀는 말하고 싶지 않았겠지.

그래도 현명하다.

그것은 남자의 몫이었으니 윤선아는 박강호가 그녀의 부모님을 설득해서 이겨내야 된다는 것을 알려주고 있었다.

그랬기에 박강호는 그녀의 말에 담담한 웃음을 머금었다.

"선아야."

"응?"

"나 쫓겨나면 어쩔 거야?"

"따라 나와야지."

"어딜 따라 나와?"

"그럼, 부모님이 반대한다고 날 두고 강호 씨만 나오려고 했어!"

"그건 아니지만 갈 데가 없잖아."

"바보야, 그런 용기도 없으면서 나 같은 미인을 얻으려고 했단 말이야?"

"하하, 그런가. 하긴 뭐 우리가 굶어 죽기야 하겠어."

"하여간, 잘해. 난 추위 많이 타서 바깥에서 자면 쉽게 감기 들어."

"그럼 안 되지. 잘할 테니 걱정하지 마."

그는 예쁘게 말하는 그녀의 손을 잡았다.

그녀를 얻기 위해서는 앞으로 많은 난관이 있을 것이다.

그럼에도 자신이 있었다.

사랑이란 이름은 어떤 것도 이겨낼 수 있는 힘이 있다고 믿었다.

윤선아의 집은 금호동이었다.

종로에서 꽤 가까웠고 꽤 오래된 동네였지만 부촌이라고 보기에는 힘든 곳이었다.

하지만 윤선아의 집은 그렇지 않았다.

넓은 정원, 그리고 고풍스럽게 지어진 집.

정원에는 작은 연못이 있었고 한쪽에는 감나무와 예쁜 화초들이 자리해서 마치 그림처럼 보일 정도로 아름다웠다.

집으로 들어서는 발길이 무거웠다.

윤선아는 자신이 자라온 환경을 가끔가다 이야기했지만 박강호를 의식한 탓인지 자세히 말하지는 않았다.

박강호도 애써 물으려 하지 않았다.

그저 아버지가 고위 세무 공무원이라는 그 한마디 말로 집안 형편을 추측했을 뿐이었다.

하지만 막상 그녀의 집을 보게 되자 안색이 어두워졌다.

그가 태어나고 자라온 시골집은 칠이 벗겨진 파란 대문이었으나 지금 그의 눈앞에 다가온 것은 원목으로 멋들어지게 만들어진 고급스러운 문이었다.

시골집은 마당이 거친 흙이었지만 윤선아의 집은 잔디가 깔려 마치 양탄자 위를 걷는 것처럼 느껴졌다.

집도 마찬가지였다.

지붕이 기와로 덮여 허술하게 보이는 자신의 집과는 다르게 그녀의 집은 콘크리트로 지어져 견고하게 보였다.

천천히 걸어 문으로 다가가자 정숙하게 보이는 분이 문을 열고 나왔다.

한눈에 알아볼 수 있었다.

윤선아의 눈매는 어머니를 꼭 빼닮은 것이었다.

"어서 와요."

"안녕하세요, 박강호입니다."

"이야기는 많이 들었어요. 아직 추워요. 기다리고 계시니까 안으로 들어가요."

말은 그렇게 했지만 절대 서두르는 기색이 없다.

몸에 배어 있는 품위가 저절로 새어 나오는 행동이었다.

문을 들어서자 거실에 앉아 있는 노신사가 자신을 바라보고 계셨다.

"어서 오게."

"처음 뵙겠습니다. 박강호라고 합니다."

"오느라 고생했어. 앉아서 얘기하지."

박강호가 서서 인사한 채 가만히 있자 윤문호가 손짓으로 앉을 곳을 가리켰다.

윤문호는 서울지방국세청의 국장으로 근무하고 있었기 때문에 자연스러운 권위가 배어 나왔다.

높은 위치에 있는 사람은 사람을 다루는 기법이 남다른 법이다.

그는 박강호가 자리에 앉자 묵묵히 한동안 바라보기만 했다.

윤문호의 입이 다시 열린 것은 미리 준비했던지 권 여사가 쟁반에 과일 접시를 가져왔을 때였다.

"들게."

"예."

"그래, 이번에 천하그룹에 입사했다고?"

"그렇습니다."

"거긴 들어가기 무척 힘들다고 하던데 꽤나 열심히 공부한 모양이야."

"최선을 다하니 보니 좋은 결과가 있었습니다."

"우리 아이 이야기를 들어보니 반드시 천하그룹에 들어가고 싶어 했다던데, 이유가 있나?"

"따님과 어울리는 남자가 되고 싶었습니다."

"생긴 건 그렇게 안 보이는데 자네는 듣기 좋은 소리를 하는 버릇이 있군. 그것 말고 진짜 이유를 말해봐!"

"죄송합니다. 저는 천하그룹에서 제 꿈을 펼치고 싶었습니다. 회사는 많지만 세계를 넘보는 기업은 천하그룹뿐이라고 생각했습니다."

"옳지, 이젠 제대로 된 소리가 나오는구만."

박강호의 대답에 날카로운 눈빛을 보내던 윤문호의 인상이 슬그머니 펴졌다.

하지만 완전하게 반기는 표정은 아니었다.

"부모님은 살아 계시는가?"

"예, 두 분 다 건강하십니다."

"이런 질문하기 뭐하지만 궁금하니까 하겠네. 아버님은 뭐 하시는 분인가?"

예상했던 일이다.

그렇다고 거짓말을 할 생각은 전혀 없었다.

"운전을 하십니다."

"…어떤?"

"트럭입니다. 아버님께서는 국도유지건설사무소에서 오랫동안 운전을 하셨습니다."

"그럼 공무원이신가?"

"아닙니다. 계약직이십니다."

"음… 알았네."

윤문호의 표정이 슬쩍 굳어졌다.

계약직이라면 정식 직원이 아니란 뜻이다.

아무리 오랫동안 일을 했어도 정식 직원이 아니라면 주어지는 월급이 빤하다는 걸 오랫동안 공무원 생활을 한 그가 모를 리 없다.

하지만 윤문호는 곧 주방 쪽을 바라보며 말을 돌렸다.

"아직 준비 덜 됐나?"

"거의 다 됐어요. 식탁으로 오세요."

두 사람이 말하는 동안 권 여사는 주방에서 저녁을 차리고 있는 중이었고 윤선아 역시 거들면서 이쪽으로는 오지 않았다.

처음 상면하는 자리에서의 식사는 부담스러울 수밖에 없었기에 박강호는 자리를 피하고자 했으나 어머니의 성화가 대단하다며 윤선아가 설득했기 때문에 시간을 맞췄다.

식탁에 가서 앉자 쉽게 보지 못한 요리들이 셀 수 없이 차려져 있었다.

권 여사는 이런 음식을 마련하기 위해 며칠 전부터 고심했을 게 분명했다.

밥을 먹을 때는 별다른 말이 오가지 않았다.

문제는 식사가 끝난 후 차를 마실 때였다.

권 여사와 윤선아까지 둘러앉은 자리에서 윤문호는 가차 없이 박강호를 몰아붙였다.

"우리 딸 나이가 벌써 서른이 넬모레일세. 좋은 혼처 모두 거부하고 자네만 바라보며 살다 보니 혼기가 훨씬 지났네. 이제 우리 애를 어쩔 셈인지 이야기해 봐."

"제가 데려가겠습니다."

"언제?"

"지금은 어렵지만 반드시 제가 책임지겠습니다."

"이 사람아, 그러니까 언제 말인가?"

"저는 아직 준비가 되지 못했습니다. 취직한 지 얼마 되지 않았기 때문에 가진 돈이 없습니다. 조금만 기다려 주시면 준비되는 대로 선아를 데려가겠습니다."

"어허!"

박강호의 대답에 윤문호의 입에서 탄식이 터져 나왔다.

그것은 권 여사도 마찬가지였다.

하지만, 제일 괴로워하는 건 윤선아였다.

부모님의 앞에서 기다려 달라는 말밖에 하지 못하는 박강호가 안쓰러워 그녀는 고개를 돌린 채 움직이지 못했다.

윤문호의 입이 다시 열린 것은 박강호가 죄송스러움을 숨기지 못하고 찻잔만 바라보고 있을 때였다.

"집을 사달라는 것도 아니야. 그저 두 사람만 같이 살 수 있을 정도면 된단 말일세. 그 정도도 어렵나?"

무슨 뜻인지 알아들었다.

윤문호는 지금 박강호의 부모가 전세금 정도는 지원할 수 있는 게 아니냐는 질문을 하는 것이다.

그랬기에 박강호는 찻잔을 바라보던 시선을 올려 윤문호를 똑바로 쳐다봤다.

"아버님, 저희 집 형편은 그리 넉넉하지 못한 편입니다. 그러고 저는 부모님께 어떤 것도 의지할 생각이 없습니다. 일 년만 기다려 주시면 선아와 저의 힘으로 훌륭하게 독립할 수 있습니다."

"말이 되는 소리를 해!"

"지금으로서의 저는 이 말밖에 드릴수가 없습니다. 죄송합니다."

"자네 우리 선아를 사랑하긴 하는 겐가?"

"사랑합니다. 제 목숨처럼 사랑합니다."

금호동 집을 빠져나온 두 사람의 표정은 어두웠다.

부모님의 기대에 전혀 부응하지 못했다는 사실은 박강호를 괴롭혔고 윤선아를 힘들게 만들었다.

그럼에도 윤선아는 버스 정류장으로 향하면서 박강호를 향해 용기를 심어주었다.

"괜찮아. 이미 알고 있던 거잖아."

"응."

"내가 미리 말하지 않아서 부모님이 충격을 받으신 것뿐이야. 하지만 걱정 마. 내가 알아서 할 테니까."

말은 이렇게 해도 그렇지 않다는 것을 안다.

전세금조차 없다는 것은 소중하게 키운 딸이 생고생을 해야 한다는 걸 의미하는 것이었으니 부모님은 쉽게 마음의 문을 열지 못할 것이다.

아무리 최고라고 불리는 천하그룹이라 해도 신입 사원의 월급은 빤했기 때문에 신혼집을 차리기 위한 돈을 모으기에는 1년이란 시간이 터무니없게 부족하다고 여겨질 터였다.

그것을 알면서도 박강호는 그렇게 말할 수밖에 없었다.

쉽지 않다는 것은 안다.

그럼에도 그렇게 약속하고 싶었다.

죽이 되든 밥이 되든 1년이란 시간 안에 윤선아를 데려와야 한다는 결심은 천하물산에 입사하면서 결정한 것이었다.

"선아야, 정말이야. 1년만 기다려 줘."

"그래 기다릴게."

"막상 나한테 와도 공주처럼 살지는 못할 거야. 변변한 집조차 마련하지 못할 테니 고생을 각오해야 해."

"직장 생활 하면서 모은 돈이 있어. 부족하지만 그래도 꽤 돼. 나도 더 알뜰하게 모을 테니까 1년 후에는 꼭 데려가 줘."

"알았어. 내가 어떠한 일이 있어도… 그렇게 할 거다."

소공동 천하물산 본사에서 조금만 올라가면 수많은 카페와 생맥줏집이 나온다.

아마, 이렇게 유흥가가 형성된 것은 소공동과 남대문 쪽에 수많은 기업이 들어서 있기 때문일 것이다.

월요일의 저녁인데도 생맥줏집 '갈채'는 이백여 평의 홀이 꽉 차 있었다.

이미 9시가 다 되었기 때문에 저녁을 해치운 직장인들이 몰려왔기 때문이었다.

창가 쪽에 우르르 몰려 있는 건 천하물산에서 허리 역할을 하고 있는 3년 차 과장들이었다.

그들은 입사 동기들로 본사 각 부서의 핵심 역할을 했고 박강호보다 입사가 7년이 빨랐다.

"김 과장, 그놈 어떠냐?"

"뭐가?"

"그 낙하산 말이야. 기획본부장 빽이라며?"

"자세히는 모르겠지만 그런 소리가 들리더라."

"꼴통 짓 안 해?"

정현석이 아예 확신하듯 말을 던지자 김문호의 입술 끝이 비틀렸다.

정현석이 물은 건 박강호에 대한 것이었다.

박강호는 알게 모르게 본사 내에서 낙하산으로 이미 유명세를 치르고 있는 중이었기 때문에 그는 사수인 김문호에게 대놓고 물었던 것이다.

김문호의 입술 끝이 비틀린 건 그의 말을 어느 정도 수긍하는 것으로 보였기 때문에 정현석은 말을 끝내고 기대에 찬 눈으로 기다렸다.

김문호가 입을 연 것은 앞에 있는 생맥주를 시원하게 들이켠 후였다.

"그놈 때문에 내가 미칠 지경이다."

"왜, 심해?"

"그게 아냐. 퇴근 안 하고 뭐 하는지 이미 지나간 기획서의 검토 내용을 가지고 와서 꼬치꼬치 물어댄단 말이지. 얼마나 쫓아다니는지 귀찮아 죽을 지경이다."

"지나간 기획서 내용을 물어본다고?"

"그래. 웃긴 건 이놈이 핵심을 찍어서 물어본다는 거야. 얼마나 공부했는지 웬만한 건 전부 꿰차고 있어. 재밌지 않아?"

"신입 사원이 알면 얼마나 알겠어. 너무 과장하는 것 같군."

옆에서 듣고 있는 홍보실의 황석영이 불쑥 나섰다.

듣다 보니 김문호가 심하게 과장을 한다고 느꼈기 때문이었다.

하지만 김문호의 대답은 단호했다.

"그랬으면 얼마나 좋겠냐. 그런데 정말 웃기는 건 말이야, 내가 싫은 표정을 지어도 절대 그냥 가는 법이 없어. 어떡하든지가 궁금한 걸 알아낸 후에야 물러난다는 거다."

"환장하겠군."

"그런데 그게 밉지가 않아. 일을 얼마나 열심히 하는지 내가 미안할 지경이거든. 온갖 허드렛일은 그놈이 다해. 그러면서도 인상 한번 구기는 법이 없어."

"C대 출신에 낙하산이 살아보겠다고 발버둥을 치는 모양이네."

이번에 나선 것은 재무처의 이낙용이었다.

이낙용은 S대 출신으로 천하물산 S대 동문회의 총무를 맡고 있는 사람이었다.

하긴 이곳에 모인 동기 일곱 명 중에는 SKY의 총무가 셋이나 포함되어 있었다.

김문호는 K대의 총무였고 말없이 구석에서 지켜만 보는 문찬범은 Y대의 총무였다.

이낙용은 그중 SKY를 제외한 타 대학 출신들에 대해서 특히 좋지 못한 선입감을 가진 사람이었다.

자기 말로는 몇 년 전 백으로 들어온 놈한테 호되게 당한 기억 때문에 그렇다고 하는데 김문호가 봤을 때는 그가 가진 성품 자체가 문제가 있었다.

그랬기에 김문호는 그를 잠시 쳐다보다 풀썩 웃었다.

"C대 출신인 거 맞아. 어떻게 낙하산을 타고 왔는지 모르겠지만 네가 생각한 것처럼 그런 놈 아니다."

"얼마나 봤다고."

"벌써 한 달이 지났어. 처음에는 나도 그렇게 생각했지. 그런데 그렇지가 않더군. 니들 내가 괜한 소리를 한다고 생각하는 모양인데 그놈은 내가 지금까지 봐온 어떤 신입 사원보다 괜찮은 놈이다."

김문호의 말에 처음 말을 꺼냈던 정현석이 인상을 우그러뜨렸다.

그는 김문호의 말을 듣다가 슬그머니 열이 받친 모양이었다.

"아이고, 일에는 누구보다 까탈스러운 김 과장이 그렇게까지 말하는 걸 보니 정말 물건인 모양이네. 우리 처에 온 놈은 지가 유학파라고 복사도 못 하겠단다. 더군다나 퇴근 시간 되면 사수인 내가 나가지도 않았는데 칼처럼 나가 버려. 인사도 없이 말이다. 그런 놈에 비하면 백배 낫구만. 나는 그렇게까지 열심히 하면 업어서 키우겠다."

"그래서 본격적으로 가르쳐 보려고 해. 오랜만에 물건이 들어왔으니 예쁘게 키워볼 생각이다. 그나저나 그 새끼 웃긴 놈일세. 유학파면 다야? 그걸 가만히 놔뒀어?"

"그럼 어떡해. 지랄하면 바로 부장한테 쫓아가서 부당한 지시를 한다고 꼰지르는데. 그놈 아버지가 대검찰청 차장이란다."

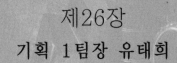

제26장
기획 1팀장 유태희

회사 생활을 하면서 무엇보다 중요한 것은 같은 팀에 있는 직원들과 얼마나 원만하게 잘 지내냐는 것이다.

특히, 자신의 직속상관에게는 목숨마저 줄 정도로 충성을 다해야 한다.

그래야만 직장 생활이 원활하게 돌아간다.

물론 그 위로도 팀장, 부장 등 층층시하로 존재하지만 직속상관의 마음을 얻게 되면 다른 사람들에게 호감을 얻는 것은 아주 쉬워진다.

그랬기에 박강호는 전략경영부 2팀에 배속되면서 김문호를 극진히 모셨다.

선천적으로 아부를 하지 못하는 성격이다.

더군다나 누구처럼 언변이 뛰어나서 상사를 칭송하는 말조차 하지 못한다.

하지만 김문호는 박강호를 끔찍이 아꼈다.

진실한 마음.

누군가를 향해 정성을 기울여 진실하게 대하는 것이 얼마나 어려운 일인지 김문호는 오랜 직장 생활을 하면서 깨달았기 때문이었다.

일을 하나 가르치면 박강호는 그것을 배우기 위해 더 많은 공부를 했고 업무 지시를 내리면 밤을 새우는 한이 있더라도 철저하게 작성해서 가져왔다.

상사로서 그런 놈을 어떻게 미워할 수 있겠는가.

그는 세 달이 지나자 마음속에서 박강호가 낙하산으로 떨어졌다는 사실을 깨끗이 지워 버렸다.

오늘도 그는 퇴근 시간이 되어 모든 사람이 책상을 정리하고 있음에도 열심히 서류에 파묻혀 있는 박강호를 확인하고 한숨을 지었다.

정말 환장하도록 미련한 놈이었다.

신입 사원이 하는 일은 현황 정리를 하는 고작이고 그 외에는 상사가 지시한 자료를 찾거나 회의 준비를 하는 것이 전부였다.

그럼에도 이놈은 그것을 무척 중요한 것으로 여기며 한 치의 오차도 만들지 않기 위해 최선을 다했다.

"박강호!"

"예, 과장님."

"퇴근 안 할 거야?"

"저는 하던 일을 마저 하고 가겠습니다."

"할 일이 뭐가 있는데?"

"요번에 과장님한테 해외사업 검토 지시가 떨어졌잖습니까. 그래서 미리 우리 회사의 진출 가능 부분에 대해서 현황 정리를 해볼까 합니다."

"너도 참 오지랖 넓다. 내가 언제 그거 하라고 시킨 적 있어?"

"어차피 해야 할 일이라고 생각했습니다. 죄송합니다."

"죄송하긴 뭐가 죄송해. 그건 나중에 해도 되는 일이니까 따라 나와. 오늘은 나랑 술이나 한잔하자."

"네? 아, 알겠습니다."

박강호는 김문호의 말에 조금도 토를 달지 않았다.

그동안 부서 회식에서 같이 밥을 먹은 적은 있었지만 이렇게 단둘이 술을 마시자고 김문호가 제안한 것은 처음이었기 때문이었다.

술.

직장인이, 그것도 상사가 술을 마시자는 건 뭔가 할 말이 있다는 뜻이고 어느 정도 자신에게 마음을 열었다는 의미도 있다.

김문호는 박강호를 데리고 곧장 근처에 있는 삼겹살집으로 향했다.

전주식당.

맛집으로 유명했고 술과 밥을 동시에 해결할 수 있어 직장인들에게 인기가 많은 곳이었다.

고기도 좋은 것을 썼지만 밑반찬이 맛깔나서 한번 와본 사람은 반드시 다시 찾을 만큼 알아주는 곳이었다.

고기가 익자 김문호는 박강호의 잔에 술을 따라준 후 자신의 잔에도 받았다.

"마셔라."

"네, 과장님."

김문호가 먼저 한입에 소주를 털어 넣자 박강호가 그에 맞춰 잔을 비웠다.

두 사람의 잔은 오가며 순식간에 소주 한 병을 비웠다.

김문호가 박강호를 빤히 바라보며 입을 연 것은 새로운 소주병을 따서 잔에 따른 후였다.

"강호야, 넌 직장 생활이 뭐라고 생각하나?"

"……."

"자아실현이니 뭐니 개떡 같은 소리 말고!"

"돈을 벌기 위한 것 아니겠습니까. 더불어 제가 원하는 꿈을 펼치기 위해서 다닙니다."

"네 꿈이 뭔데?"

"천하물산을 글로벌 톱으로 만드는 겁니다."

"얼씨구. 정말 그게 네 꿈이냐?"

"네."

"정말 야무진 꿈을 꾸고 있구나. 네 힘으로 그게 정말 가능할 거라고 생각해?"

"열심히 하다 보면 언젠가 될 거라 생각합니다."

"좋다, 그건 그렇다 치자. 그럼 지금부터 내 말 잘 들어. 내가 오늘 술 마시자고 한 건 너한테 한 가지 조언을 해주기 위해서다."

"말씀하십시오."

"넌 너무 여유가 없다. 마치 목숨 걸고 전장에 나가는 놈처럼 사는 것으로 보인단 말이다. 내 말 무슨 뜻인지 알아듣겠어?"

"솔직히 잘 모르겠습니다."

"인마, 넌 아직 젊어. 회사 일 아니더라도 해야 할 일이 산더미야. 그런데도 넌 미친놈처럼 일만 해. 그렇게 여유 없게 살게 되면 쉽게 지쳐. 지친 사람은 결국 결승전에서 페이스 조절한 놈에게 지게 돼."

"과장님, 저는 이 회사에서 아웃사이더입니다. 줄도 없고 빽도 없는 놈입니다. 줄이라고는 달랑 과장님뿐이지요. 그런 놈이 열심히 하지 않으면 살아남겠습니까?"

"왜 네가 줄이 없어. 든든한 빽 있잖아!"

"저는 빽 없습니다."

"그럼 기획본부장은 뭐냐. 너를 기획실로 발령 내고 특별히 1팀장한테 지시해서 전략경영부로 보낸 것도 그 양반이야. 설마 나한테까지 거짓말하겠다는 것은 아니겠지?"

"저는 그분을 면접 때 딱 한 번 뵌 적이 있습니다. 본부장님은 저와 아무런 상관이 없는 분입니다."

"정말이냐?"

"제가 왜 과장님께 거짓말을 하겠습니까."

"그럼 혹시 강호 네 아버님과 관련이 있는지 모르겠다."

"저희 아버지는 시골에서 운전을 하십니다. 그분과 관련이 있을 리 없습니다."

"허어, 그것참."

박강호의 대답에 김문호의 인상이 우그러들었다.

지금까지 회사에서는 박강호가 기획본부장과 밀접한 관계에 있다고 알려져 있었는데 막상 사실을 확인하자 이해가 되지 않았기 때문이었다.

그런 소문으로 인해 박강호는 많은 피해를 봤다.

하지만 피해를 본 것보다 훨씬 많은 반사이익을 얻었다고 봐야한다.

실세 중의 실세인 기획본부장의 비호를 받고 있다고 알려져 있기 때문에 천하물산 깊숙이 뿌리 깊게 박혀 있는 학연이 박강호를 대놓고 경원하지 못했다.

누구보다 그 사실을 잘 알고 있는 사람이 김문호였다.

그랬기에 그는 술잔을 비우고 조심스럽게 입을 열었다.

"강호야, 그거 누구한테 말한 적 있냐?"

"아무도 물은 사람이 없습니다. 당연히 제가 먼저 말할 이유도 없었고 기회도 없었으니 아무에게도 말한 적이 없습니다."

"잘됐다. 그렇다면 내 말 잘 들어. 지금부터 어떤 놈이 물어도 그런 말은 하지 마라. 그저 조용히 듣기만 하란 말이다."

"왜 그렇게 해야 됩니까?"

"살아남기 위해서다. 회사는 총성 없는 전쟁터야. 강한 놈이 살아남는 게 아니라 살아남는 놈이 강한 놈이 되는 곳이다. 네가 아무 말도 하지 않는다면 기획본부장이 자리에 있는 한 너를 건드릴 놈들은 없을 거다. 무슨 뜻인지 알겠지?"

"알겠습니다."

"네 자리를 확보할 때까지 버텨라. 지금 하는 대로만 하면 너는 곧 천하물산 기획실에서 뛰어난 인재로 자리매김하게 될 것이다. 내가 그렇게 되도록 도와주마."

유태희는 컨터빌 호텔에 있는 일식집에서 친구들을 만났다.

그녀는 오래전부터 사귀어온 두 명의 친구가 있었는데 하나는 대성그룹 회장의 막내딸 김혜연이었고 하나는 동성전자 사장의 딸인 문채원이었다.

친구의 우정은 신분의 격차를 따지지 않는 법이다.

하지만 그것은 일반인들에게나 해당되는 이야기였고 태어날 때부터 귀족의 타이틀을 단 사람들은 달랐다.

특히 여자들은 살아가는 환경이 비슷하지 않으면 결코 사귈 수가 없다.

같은 사람으로 태어났지만 근본이 다르기 때문이다.

된장이 고추장이 될 수 없는 것처럼.

김혜연과 문채원은 세련된 복장을 갖춰 입었는데 세 명이 방에 모이자 빛이 나는 것처럼 환했다.

　기본적인 외모에 관리가 들어가면서 피부는 백옥빛으로 변했고 몸매는 최상의 상태를 유지했기 때문에 일반인이 봤을 때는 저절로 탄성이 나올 정도였다.

　더군다나 그녀들은 돈의 힘 때문인지 아니면 태어날 때부터 머리가 좋았던지 전부 외국에서 내로라하는 대학을 나왔다.

　"태희야, 일 재밌니?"

　"재밌긴, 그저 그렇지."

　"하긴 일이 뭐가 재밌겠어. 경영을 하는 것도 아니고 실무를 하는데 말이야. 언제 올려주신대?"

　"아직 더 일을 배워야 해."

　"경영을 하는 사람은 경영 공부를 하면 돼. 실무를 알아야 경영을 잘한다는 건 아무래도 아닌 것 같아. 그게 맞다면 지금까지 실무를 안 거치고 곧바로 경영을 맡은 사람들은 전부 실패했어야 되잖아. 안 그러니?"

　"그건 맞는 말이지."

　김혜연이 동의를 구하자 문채원이 주저 없이 고개를 끄덕였다.

　그녀들은 이미 그룹 자회사를 맡아 경영을 하고 있었기 때문에 유태희가 하는 짓을 이해하지 않으려 했다.

　그러나 유태희는 그런 그녀들을 향해 밝게 웃었을 뿐이다.

　"힘들지만 재밌어. 사람들 살아가는 모습을 보면 나도 같은 사람이란 걸 느끼기도 하고."

"얘는 너무 감상적이네. 직장인들은 소모품과 같아. 소모품을 우리와 같은 사람으로 대하게 되면 피곤해진다는 거 몰라?"

"너는 그게 문제야. 같은 사람을 계급화하는 버릇을 고치지 않으면 김 회장님한테 지금처럼 계속해서 인정받지 못할 거다."

"그건 우리 아버지가 너무 고리타분해서 그래. 지금 시대가 어떤 시댄데 인간 존중이니 그런 말을 해. 직원들은 회사가 힘들면 가차 없이 구조 조정을 해야 해. 회사가 잘나가면 그땐 또 뽑으면 되는 존재들이야. 그런 면에서 봤을 때 조직원들은 소모품이 맞아."

"너한테 백날 말해봐야 무슨 소용이 있겠니. 알았으니까 밥이나 먹어."

김혜연의 주장에 유태희가 말을 끊어버렸다.

같은 주제로 계속해서 입씨름을 했기 때문에 이제 와서는 가급적 그녀가 먼저 피하곤 했다.

아무리 그렇지 않다고 말해도 그녀는 자기가 배운 조직 이론을 들먹이며 경영의 효율성을 강조했다.

인간을 인간으로 대하지 않고 기계의 부속품 정도로 여기는 그녀의 생각은 아마도 귀족으로 자라오면서 갖게 된 아주 못된 관념임이 분명했다.

중간에서 문채원이 나선 것은 어색해진 분위기를 해소하기 위함이었을 것이다.

"태희야, 저번에 화양그룹 셋째 어땠어?"

"다 알면서 왜 물어. 똑같은 놈들이지."

"그래도 걔는 꽤 괜찮다고 소문났었잖아."

"계집애가 둘이나 있더라. 하나는 대학생이고 하나는 룸싸롱에 나가는 애야. 둘 다 살림을 차려줘서 호화롭게 살아. 그놈은 일주일에 한 번씩 제집 드나들듯 드나들고."

"정말이야? 그놈 정말 미친놈이네. 그런 놈이 어떻게 건실하다고 소문이 났을까?"

"다른 놈들과 다르게 위장을 잘한 거지."

"어른들은 뭐라고 안 하셔?"

"여자애들과 집으로 들어가는 사진 보여줬더니 아무 말씀 안 하시네. 아마 당분간은 귀찮게 안 하실 거야."

"큰일이다, 얘. 네 나이도 있는데 어떡하니. 여자는 서른이 되기 전에 짝을 찾지 않으면 몸값이 반으로 떨어진다는 말 못 들었어?"

잘난 척일까.

아마도 그럴 것이다.

문채원은 미성그룹의 장남과 작년에 결혼했는데 만나기만 하면 신랑 자랑하느라 거품을 물었다.

자상하고 자기밖에 모르는 남편이라며 최고라는 평가를 거침없이 내렸다.

그런 문채원을 향해 유태희는 쓴웃음을 지었다.

재벌 2세들 중에는 제대로 된 놈을 찾아보기가 하늘의 별을 따는 것처럼 어려웠다.

당장 문채원의 남편은 천하그룹의 정보망에 의하면 분당에 작은집을 두고 있는 것이 확인되었다.

거짓으로 철저하게 위장한 자다.

자상하고 착한 남편은 집에 들어왔을 때 해당된다는 이야기였는데 문채원은 그런 자를 철석같이 믿는 중이었다.

그럼에도 유태희는 문채원에게 입조차 벙긋하지 않았다.

모르고 행복하게 살 수만 있다면 그것으로 족하다.

친구를 위한답시고 떠드는 순간 문채원은 불행의 늪에 빠질 테니까.

유태희는 친구들과 헤어져 자신의 차를 지하 주차장에서 꺼내어 도로로 나왔다.

9시가 다 되었기 때문에 도로에는 차가 많지 않았다.

그녀의 차는 국산 중형차였는데 위장을 한 채 실무를 하면서 좋은 차를 타서는 안 된다는 생각에 입사할 때 구입한 차였다.

그녀는 컨터빌 호텔에서 나와 한남동 쪽으로 방향을 잡고 차를 몰았다.

한남동은 몇 년 전부터 재벌들이 한강이 보이는 곳에 집을 짓고 살기 시작해서 이젠 꽤 많은 재벌들이 들어와 부촌을 형성한 곳이었다.

그녀가 소공동으로 방향을 튼 것은 명동을 지나면서 회사에 두고 온 선물이 생각났기 때문이었다.

오늘은 그녀의 조카 생일이라 선물을 사놓았는데 점심때 깜빡 잊은 채 나왔던 것이다.

지하에 주차를 하고 엘리베이터를 탔다.

이미 10시가 넘었기 때문에 사무실에는 아무도 없을 것이지만 복도에 불이 켜졌기 때문에 무섭다는 생각은 들지 않았다.

엘리베이터에서 내려 사무실 쪽으로 걸어가던 유태희가 문득 걸음을 멈춘 것은 누군가의 기척을 느꼈기 때문이었다.

조심스럽게 다가가 창문을 통해 사무실을 바라보자 기척의 주인이 확인되었다.

신입 사원, 박강호.

아무도 없는 사무실에서 그는 부지런히 서류를 들척거리며 무언가를 하고 있었다.

왜, 지금 이 시간에…….

의문이 들었다.

그녀가 아무도 없는 사무실에서 박강호의 모습을 본 것은 지금까지 합하면 모두 세 번째였다.

도대체, 저 사람에게 무슨 일이 생기고 있는 걸까.

그녀는 기획실에 들어와 6년을 보냈기에 신입 사원이 혼자 남아 일을 한다는 것이 전혀 이해가 되지 않았다.

입사 3개월밖에 안 된 신입 사원이라면 혼자 무언가를 할 수 있는 게 아무것도 없기 때문이었다.

박강호의 이력을 보면서 특이하다고 생각했지만 기획본부장의 지시를 받으면서 그러려니 하고 말았다.

특별한 줄이 있을 거란 판단을 하면서 말이다.

지금까지 낙하산들을 보면서 그녀가 느낀 것은 전부 쓰레기들이란 것이었다.

실력도 없으면서 권력에 기대어 들어온 자들은 기대 이하의 행동을 하면서 항상 실망을 주곤 했다.

하지만 박강호는 달랐다.

팀장으로서 조직을 관장해야 하는 그녀에게는 팀원들의 일거수일투족을 확인하는 것도 중요한 임무 중의 하나였다.

그녀가 본 박강호는 누구보다 열심히 일했고 직원들 간의 평도 훌륭해서 낙하산들에 대한 선입감을 일거에 사라지도록 만든 직원이었다.

가만히 서서 일에 몰두하고 있는 박강호의 모습을 바라보았다.

처음 봤을 때부터 잘생겼다고 생각했는데 일에 몰두한 모습을 바라보자 마치 영화에 나오는 주인공처럼 느껴질 정도였다.

천천히 문을 열고 들어섰다.

그러고는 인기척을 내서 박강호가 놀라지 않도록 만들며 조용하게 입을 열었다.

"박강호 씨 아직 퇴근 안 했네요. 바쁜가 보죠?"

김문호는 기획 1팀장인 유태희가 부른다는 소리에 와락 긴장감을 느꼈다.

유태희는 기획실의 주무 팀장으로 나이는 어렸으나 경영층과의 관계가 두터울 뿐만 아니라 기획 능력이 뛰어나서 본사를 이끌어가는 실세 중의 한 명이었다.

그녀의 초고속 승진은 이해할 수 없는 것이었지만 그렇다고 그것을 시기하거나 어필한 사람은 거의 없었다.

기획한 것마다 최고 경영층의 재가를 얻어 시행되었는데 회사에 막대한 이익을 창출했기 때문이었다.

정말 대단한 능력을 지닌 여자였다.

또한, 그녀는 본사뿐만 아니라 천하물산 전체 총각들이 꼽는 신부 후보감 부동의 1위기도 했다.

완벽한 미모와 뛰어난 업무 능력, 사람을 휘어잡는 리더십까지 그녀는 뭐 하나 부족한 것이 없는 사람이었다.

그럼에도 그녀에게 대시했다는 사내들의 이야기를 들어본 적이 없다.

어찌 보면 당연한 일이었다.

결혼까지 해서 아이가 둘이나 있는 김문호도 유태희가 부르면 바짝 긴장을 하는데 총각들은 오죽하겠는가.

김문호는 수첩을 들고 그녀의 자리로 향했다.

그녀가 근무하는 자리는 기획실장의 사무실과 근접한 자리에 있었기 때문에 다른 팀장들보다 훨씬 넓은 공간을 차지하고 있었다.

그래서 그랬을까.

김문호가 가까이 다가갔지만 칸막이가 쳐진 자리에서는 그녀의 머리만 간신히 보였다.

"팀장님, 부르셔서 왔습니다."

"아, 김 과장님, 어서 와요. 앉으세요."

김문호가 부르자 유태희가 자신의 자리 옆쪽으로 배치되어 있던 회의용 탁자를 가리켰다.

그러더니 손수 커피를 두 잔 타서 그쪽으로 다가왔다.

"요즘 바쁘신가요?"

"아닙니다. 신사업 건을 마무리 짓고 지금은 해외사업의 추가 개발 건을 준비 중에 있습니다."

"그렇군요. 여전히 열심이네요. 윗선에서 김 과장님이 성설하게 일을 잘한다고 칭찬이 자자해요."

"고맙습니다."

의외의 칭찬에 김문호의 얼굴이 벌겋게 달아올랐다.

윗선이라면 전략경영부장이거나 기획실장 라인을 말하는 것이기 때문이었다.

정말 그녀의 말대로 실세들이 그의 능력을 인정해 줬다면 탄탄대로의 길을 걸어갈 수 있었다.

하지만 뭔가 이상하다.

그녀가 부른 것은 자신을 칭찬이나 하자는 것이 아닐 테니 갑자기 불안감이 치솟았다.

역시 자신의 생각이 맞았다.

그녀는 어색한 미소를 지으며 본론을 꺼냈다.

"제가 궁금한 게 있는데 물어봐도 될까요?"

"말씀하십시오."

"어제 저녁에 와 보니까 박강호 씨가 혼자 야근을 하고 있었어요. 신입 사원이 혼자 야근하는 이유가 뭐죠?"

질문의 요지를 파악할 수 없었다.

이 질문이 신입 사원을 혼자 방치한 것에 대한 질책인지 아니면 다른 이유가 있기 때문인지 냉철하게 판단하고 대답하지 않으면 낭패를 당할 가능성이 컸다.

순간적으로 그는 곧 질책이 아니라는 판단을 내렸다.

질책을 하는 사람은 칭찬부터 하는 경우가 거의 없기 때문이었다.

회사에서 상사가 칭찬부터 하는 경우는 뭔가 개인적으로 알고 싶은 부분이 있을 때 전형적으로 써먹는 수법이었다.

그랬기에 김문호는 유태희의 눈을 잠시 바라본 후 천천히 입을 열었다.

"박강호 씨는 일에 대한 열의가 대단합니다. 새로운 일이 생길 때마다 배우고 익히기 위해 최선을 다하고 자신이 해야 할 일에 대해서 전력을 기울이는 친굽니다. 그러다 보니 야근이 잦은 것 같습니다."

"저는 박강호 씨가 야근하는 모습을 어제까지 벌써 세 번이나 봤어요. 그때마다 안쓰럽더군요. 신입 사원이 할 수 있는 게 한계가 있을 텐데 말이죠. 누군가가 도와주지 않는다면 혼자서 아무리 애써도 일을 배우는 건 힘들지 않겠어요?"

"죄송합니다."

"질책하려고 그런 건 아니에요. 다만, 안쓰럽게 보여서 드리는 말씀이에요."

"무슨 말씀인지 알겠습니다. 제가 더욱 신경 쓰도록 하겠습니다."

이게 뭘까.

유태희가 지금까지 신입 사원을 향해 이런 관심을 보인 적은 처음이었다.

도대체 무슨 뜻인지 알 수 없었지만 일단은 수긍을 하고 눈치를 볼 필요성이 있었다.

문제는 그의 말을 들은 유태희가 연속해서 질문을 던져왔다는 것이었다.

"김 과장님, 박강호 씨의 생활 태도는 어떤가요? 제가 듣기로는 다른 낙하산들과는 다르게 성실하다고 하던데요."

"그렇습니다. 최근에 보기 어려울 정도로 성실한 사람입니다. 일에 대한 집중은 물론이고 상사나 동료에게도 신뢰를 받을 정도로 성품도 괜찮습니다."

"그 정돈가요?"

"그 친구는 제가 몇 년 동안 본 신입 사원 중에서 인품이나 일에 대한 열의가 최고라고 생각합니다."

"알겠어요. 대답해 줘서 고마워요. 그런 사람이라면 김 과장님이 어련히 잘 가르치실까요. 앞으로 기대하고 있을게요."

유태희의 자리에서 돌아온 김문호는 천천히 걸어서 복사실로 향했다.

박강호는 그가 시킨 서류를 복사하고 있었기에 그쪽으로 향했던 것이다.

물어보고 싶었다.

도대체 왜, 유태희가 박강호에 대해서 그런 질문을 한 것인지 정말 궁금해서 미칠 지경이었다.

추측은 두 가지뿐이었다.

하나는 박강호가 정말 기획본부장의 줄을 단단히 잡고 있다는 것이고 또 다른 하나는 그동안 떨어졌던 낙하산과 다르게 성실한 태도로 일하는 박강호에게 유태희가 관심을 갖기 시작했다는 것이다.

하지만 두 가지 다 석연치 않다.

박강호는 자신에게 거짓말을 할 놈이 아니었다.

술을 마시면서 보여주었던 박강호의 태도는 평소와 조금도 다르지 않았기에 그는 기획본부장의 줄이 아니란 사실을 다른 사람들에게 말하지 못하게까지 시켰다.

두 번째도 이상한 건 마찬가지다.

아무리 업무 태도가 다른 낙하산들과 비교해서 뛰어나다 해도 가장 잘나가는 실세 팀장이 관심을 갖기에는 박강호의 존재가 너무 미미했기 때문이었다.

복사실을 열고 들어서자 복사기에서 흘러나온 불빛과 박강호의 부지런한 움직임이 겹쳐지면서 보였다.

놈은 기껏 복사를 하면서도 미련하게 정성을 다하고 있었다.

"강호야!"

"과장님, 여기까지 웬일이십니까?"

"잠깐, 복사 멈춰봐."

"알겠습니다."

'왜'라고도 묻지 않는다.

언제나 박강호는 김문호가 지시를 내리면 한 마디의 토도 달지 않았다.

정말 재밌는 놈이다.

"지금 내가 유 팀장한테 다녀오는 길이다."

"유태희 팀장 말씀입니까?"

"그래. 유 팀장이 네 이야기를 하더라. 어젯밤에 무슨 일 있었냐?"

"지녁 10시 조금 넘어서 들어오셨었습니다. 그냥 바쁘냐고 물으시더니 곧장 자리에 가서 뭔가 들고 나가시던데요."

"그게 다야?"

"예."

"유 팀장 말로는 네가 야근하는 걸 세 번이나 봤다고 하더라. 왜 나한테 말 안 했어?"

"세 번이나요? 저는 어제 그분을 처음 봤습니다."

박강호가 먼저 의아한 표정을 짓자 김문호가 황당한 표정을 지었다.

그는 누구보다 박강호를 믿었다.

놈은 지금까지 지켜본 바로는 자신에게 절대 거짓말을 한 적이 없었다.

회사 짬밥이 적은 놈들은 상사를 속이는 일이 가능하다고 생각하지만 그것은 거의 불가능에 가까웠다.

알게 모르게 새어 나가는 정보는 추적되고 분석되어 속인 놈의 행위가 시간이 지나면서 차츰 드러나기 때문이었다.

하지만, 박강호는 한 번도 그런 일이 없었다.

다시 말해서 말하는 것과 행동이 같다는 뜻이고 지금 말한 것도 거짓이 아닐 가능성이 컸다.

그렇다면 유태희가 말한 나머지 두 번은 그냥 지켜보기만 하다가 사라졌다는 뜻이 된다.

그랬기에 김문호는 박강호를 한참 동안 바라보다 고개를 흔들었다.

역시 아직 부족한 것일까?

직책이 사람을 만들고 직위가 높을수록 사고의 수준과 범위가 넓어진다고 했는데 아직까지 유태희의 의도를 간파하지 못하니 갑자기 답답함이 몰려왔다.

"하여간 알았고, 넌 오늘부터 야근 금지다."

"과장님!"

"내 말대로 해. 너 혼자 야근시킨다고 한 소리 들었단 말이다. 네가 야근하면 나도 야근해야 돼. 내 말 무슨 뜻인지 알겠지?"

"…예, 알겠습니다."

김문호의 야근 금지에 박강호는 윤선아를 만나는 날을 제외하고는 서류를 잔뜩 싸 들고 들어와 혼자 집에서 일을 했다.

누가 시켜서 하는 일이 아니다.

똑똑하고 학벌 좋은 놈들을 이기기 위해서는 노력만이 살길이라고 굳게 믿었으니 그는 매번 똑같은 짓을 반복했다.

박강호는 숨기려 했지만 그가 집으로 일감을 싸 들고 간다는 것을 김문호는 금방 눈치챘다.

직장 생활을 그만큼 오래 했고 박강호의 움직임을 알게 모르게 관찰하고 있었으니 어쩌면 당연한 일이었다.

그랬기에 그는 박강호의 자리에 와서 눈을 부라렸다.

하지만 표정에 담긴 것은 미움이 아니었다.

"박강호, 너 정말 이럴 거냐?"

"뭘 말씀입니까?"

"너 내가 뭐라고 했어. 인마, 좀 여유를 가지고 살라고 했잖아!"

"가끔가다 데이트도 합니다. 걱정하지 마십시오."

"참 너도 병이다, 병이야."

혼내는 것이 아니라 걱정이다.

박강호의 업무 능력은 시간이 갈수록 급격히 증진되고 있었다.

다른 팀의 신입 사원과 비교해 보면 게임이 되지 않을 정도로 모래가 물을 흡수하듯 전략기획 업무를 익혀가고 있었다.

그럼에도 멈출 생각이 없어 보였다.

어떤 상사가 열심히 일하는 직원을 밉게 보겠는가.

더군다나 김문호는 다섯 달이 지나자 이제는 박강호를 친동생처럼 여기고 있었다.

말은 혼내는 것이었지만 그는 말을 어정쩡하게 돌려 버리고 끝내 박강호의 행동을 중단하란 지시를 내리지 못했다.

알기 때문이다.

살아남기 위해서 어떤 마음으로 살아가는지 누구보다 잘 알고 있으니 박강호의 행동을 굳이 말릴 생각은 갖지 않았다.

기획 1팀의 주무 과장 이영남이 2팀으로 찾아온 것은 김문호가 커피나 마시자며 박강호를 데리고 자리에서 일어났을 때였다.

이영남은 김문호보다 2년 선배로서 올해 차장 시험을 눈앞에 둔 사람이었다.

"김 과장, 공지 사항!"

"뭐죠?"

"매년 하는 것 있잖아. 축구 시합."

"아, 벌써 그렇게 됐나요. 그러고 보니 5월이군요. 참 시간 빠르게 갑니다."

"김 과장 올해도 뛸 거지?"

"전 좀 빼주면 안 됩니까. 축구 사역하느라 이 나이에 벌써 허리가 휘청거립니다."

김문호가 죽는 소리를 했다.

천하물산은 5월이 되면 사장 배 축구 대회를 여는데 본사 6개 본부와 지역본부 6개 팀이 4개 조로 나뉘어 조별 리그를 거쳐 우승 팀을 가리는 행사였다.

노사 합의로 10여 년 전에 체결된 사항이라 사장이 바뀌어도 행사는 꾸준히 진행되었는데 김문호는 벌써 6년째 선수로 뛰고 있었다.

하지만 이영남은 들은 체도 하지 않았다.

"야, 주장이 그런 소리를 하면 어떡해. 우리 팀장님 관심이 대단하다. 이번에는 꼭 좋은 성적 내라고 실장님한테 특별히 오더를 받았나 봐."

"선수가 있어야 좋은 성적을 내죠. 이 과장님도 아시잖아요. 기획본부는 여자가 삼십 프로가 넘어요. 더군다나 남자들도 전부 빌빌거리는 사람들밖에 없단 말입니다. 오죽하면 대외협력부장님까지 뛰겠습니까."

"난 몰라. 그건 주장인 김 과장이 알아서 해. 난 뒤에서 축구팀이 구성되면 전폭적인 지원만 할 테니까."

"미치겠네요."

"그러지 말고 이번에 들어온 신입 사원들 꽤 되잖아. 그놈들 중에서 공 좀 차는 애들 모아봐."

"기획본부에 온 놈들이 뻔하죠."

김문호가 한숨을 내쉬며 부정적인 말을 뱉어냈다.

그의 말은 사실이었다.

기획본부는 최고 브레인들만 모인 곳이라 운동과는 거리가 먼 부류가 대부분이었다.

예전에는 공부 잘하는 놈들이 운동도 잘한다고 했는데 최근에 들어와서는 그런 말이 전혀 통하지 않아 축구를 한다는 놈들은 구경하기가 쉽지 않았다.

그가 주장을 맡은 이래로 지금까지 한 번도 조별 리그를 넘어선 적이 없었다.

직장인의 축구가 동네 축구 수준인데도 말이다.

그랬기에 그는 축구 시즌만 돌아오면 가시방석에 앉은 기분이었다.

그때 이영남이 박강호를 바라보면서 불쑥 물었다.

"어이, 박강호 씨. 자네 공 좀 찰 줄 아나?"

박강호는 갑작스러운 이영남의 질문에 멈칫하면서 말을 못했다.

축구라면 어릴 때부터 해온 운동이었고 누구보다 자신이 있었지만 너무 의외였기 때문에 쉽게 대답하지 못했는데 그것이 이영남의 얼굴을 흐리게 만들었다.

잘하지 못하는 사람들의 특성이 그대로 나타났기 때문이었다.

그는 주무 과장을 맡으면서 벌써 몇 년째 신입 사원들을 대상으로 이런 질문을 해왔기 때문에 반응만 봐도 금방 알 수 있었다.

하지만 박강호는 금방 자세를 고치고 천천히 입을 열었다.

"축구라면 조금 합니다."

"잘해?"

"어려서부터 재밌게 한 운동입니다."

질문에 대한 정확한 답변이 아니다.

축구를 정말 잘한다면 자신 있는 얼굴로 단호하게 말해야 하는데 박강호의 대답은 어정쩡한 것이었다.

그랬기에 이영남은 얼굴을 활짝 펴지 않았다.

이런 답변도 여러 번 들었기 때문이었다.

상사들에게 잘 보이기 위해 어떤 놈들은 잘한다고 대답하는 경우가 왕왕 있었는데 그런 놈들 중 반은 헛발질이 전공이었다.

하지만 김문호의 반응은 달랐다.

같이 지내면서 박강호가 이 정도의 답변을 하는 경우를 거의 보지 못했다.

워낙 신중한 성격을 가졌기 때문에 박강호는 확신이 없으면 이런 대답을 하지 않는 놈이었다.

"강호야, 공 찰 때 포지션은 어디였냐?"

"미드필더를 주로 봤습니다."

"잘됐다. 우리 팀은 허리가 약해서 항상 고생했는데 네가 들어오면 할 만하겠구나."

"뛰게만 해주신다면 열심히 하겠습니다."

회의용 탁자에 앉아 있던 유태희는 이영남이 가져온 선수 명단과 포지션을 확인하고 고개를 갸웃거렸다.

축구를 좋아한 것은 아니었지만 기획실장이 워낙 관심을 가지고 있었기 때문에 이번 본부 대항 축구 시합을 위해 그녀는 관심을 기울이지 않을 수 없었다.

기획실장은 한때 천하물산을 대표하는 축구 선수였고 지금도 텔레비전에서 축구 경기를 중계하면 빼놓지 않고 볼 정도로 축구광이었다.

"이번에는 신입 사원이 다섯 명이나 포함되었네요. 이 정도면 전력 보강이 많이 된 거죠?"

"아직 검증이 안 되어서 뭐라고 말씀드리기가 그렇습니다. 신입 사원들 특징 아시잖습니까. 일단 큰소리치는 버릇은 예나 지금이나 변하지 않는 것 같습니다."

"그거야 뭐, 연습을 해보면 알겠죠. 우리 부에도 선수가 네 명이나 있네요."

"김문호 과장하고 서성필 대리는 예전부터 뛰어온 실력파니까 당연히 출전하는 것이고 박강호와 한석율이 추가되었습니다."

"박강호 씨는 잘한다고 하던가요?"

"대답하는 게 시원치 않은 걸 보니 그저 그런 실력을 가진 것 같습니다."

"…그래요?"

이영남의 대답을 들은 유태희가 살짝 실망한 표정을 지었다.

박강호가 명단에 포함되어 있는 것을 보고 나름대로 기대를 했었기 때문이었다.

그럼에도 그녀는 금방 표정을 바꾸고 말을 이어나갔다.

"시합이 다음 주 수요일부터 시작이에요. 이제 일주일 남았으니까 퇴근 후에 연습 스케줄 잡아보세요."

"그러겠습니다."

"실장님 성화가 대단해서 이번에는 정말 잘해야 돼요. 더군다나 사장님이 바뀌면서 노조 위원장하고 직접 참관하신다고 했기 때문에 본부장님도 관심을 가지고 계세요."

"큰일이네요. 기존 멤버에 신입 사원 몇 명 포함되었을 뿐인데 금방 성적이 오를까요. 걱정입니다."

"할 수 없잖아요. 최대한 열심히 해야죠. 선수들 사기를 생각해서 연습 때 간식거리하고 저녁 식사비는 이 과장님이 철저히 준비해 주세요. 비용 처리는 걱정하지 마시고요."

기획본부 소속은 기획실을 포함해서 재무처와 정보처로 구성되어 있었다.

인원으로 따지면 거의 이백 명에 육박하는 인원이었으나 가려 뽑은 선수는 이십 명에 불과했다.

기획본부의 특성 때문에 그렇다.

이백 명 중 육십여 명이 여직원들이었고 나머지 인원 중에서 나이 많은 간부들을 빼고 나면 백 명 정도 남는데 그중에서 학창 시절 공 좀 찼다는 직원은 손으로 헤아릴 정도였다.

그랬기에 사장 배 축구 대회의 우승기는 생산본부나 토목본부, 또는 지역본부 중의 하나가 가져갔고 기획본부는 들러리를 서는 경우가 많았다.

퇴근 시간이 끝나고 기획본부의 선수들이 운동장으로 모였다.

천하물산에는 국제 대회 규정에 맞는 축구장이 있었다.

파란 잔디로 덮여 있는 축구장은 서울 시내에 몇 개 없었는데 천하물산 축구장은 가끔가다 국가대표들도 이용할 정도로 시설이 잘되어 있었다.

그러나 워낙 짧은 기간을 주고 시합이 진행되기 때문에 연습을 위해 기획본부만 축구장을 쓰지는 못했다.

각 본부의 주무 과장들이 모여 연습 스케줄을 짰기 때문에 이틀에 한 번꼴로 훈련하는 것도 빠듯했다.

기획본부의 주장은 김문호였지만 실제 정신적인 지주는 대외협력부장이었다.

그는 사장 배 축구 대회가 시작될 때부터 선수로 뛰었다는데 아직도 웬만한 젊은 선수 못지않은 실력을 가졌다.

그럼에도 체력에 한계가 있어 매년 그만 뛰겠다고 공언을 했지만 때가 되면 어쩔 수 없이 자의 반 타의 반으로 선수 명단에 이름을 올렸다.

그만큼 그를 대체할 선수가 없었기 때문이었다.

시합 전 훈련을 하는 목적은 두 가지였다.

하나는 선수들의 체력과 팀워크를 끌어 올리는 것이었고 또 다른 하나는 주전을 가려 뽑기 위함이었다.

김문호는 주장으로서 선수들의 훈련을 주도했다.

먼저 체조와 달리기로 몸을 풀어야 다치지 않기 때문에 그는 언제나 준비운동을 철저하게 시행했다.

시합 때마다 부상자가 반드시 한두 명씩 나왔다.

주로 인대가 끊어지는 경우가 많았는데 안 하던 운동을 갑작스럽게 해서 발생한 일이었다.

직장인이 축구라는 격렬한 운동을 한다는 것은 평소 자기 관리를 철저하게 하지 않으면 절대 쉬운 일이 아니었다.

몸풀기를 끝내고 패스 연습을 시작했을 때 김문호는 박강호를 예의 주시했다.

신입 사원이 다섯 명이나 포함되었지만 다른 누구보다도 박강호의 실력이 궁금했다.

박강호는 둥그렇게 둘러서서 패스 연습을 할 때 전혀 힘들이지 않고 공을 컨트롤했다.

기본이 되어 있다는 뜻이었다.

하지만 그것만으로는 박강호의 정확한 실력을 알기에 부족했다.

단거리에서 시행한 패스 연습만으로 실력을 확인한다는 것은 오랫동안 축구를 해온 그로서도 불가능한 것이었다.

그랬기에 그는 거리를 벌리고 롱킥 연습으로 훈련을 바꿨다.

동네 축구에서는 킥의 정확도와 세기만 가지고도 주전으로 뛸 수 있는지 없는지를 금방 구별할 수 있었다.

그는 직접 박강호에게 공을 날렸다.

그런 후 그는 자신의 눈을 의심스럽게 만드는 광경을 보고 말았다.

박강호는 자신의 롱킥을 오른발로 트래핑한 후 왼발을 이용해서 그대로 공을 차 올렸는데 정확하게 자신에게 날아왔던 것이다.

믿을 수 없어서 몇 번을 다시 시도해 봤지만 박강호의 킥은 오른발, 왼발 할 것 없이 정확하게 날아와서 그를 환장하게 만들었다.

오랫동안 공을 찼어도 이런 정확도는 그로서도 구사할 수 없는 것이었다.

자신이 찬 공은 박강호가 움직이며 컨트롤해야 했지만 박강호가 패스해 온 공은 움직일 필요조차 없었다.

휴우!

한숨이 저절로 새어 나왔다.

이영남의 질문에 대답하는 걸 보며 어느 정도 실력을 갖고 있을 거라 판단했지만 이 정도의 킥력을 가졌을 거라고는 생각조차 못 했다.

그것은 다른 사람들도 마찬가지였던 모양이었다.

일정 거리만큼 떨어져서 패스 연습을 하던 선수들은 모두 멈춰 서서 박강호의 킥을 구경하고 있었는데 모두 놀란 눈치들이었다.

그 대표적인 사람이 대외협력부장이었다.

소싯적에 날고 기었다는 그조차 박강호의 킥을 확인한 후 잠시 쉬기 위해 뒤로 물러선 김문호를 향해 놀라움을 감추지 못했다.

"우와, 저 친구 킥이 장난 아니구만."

"부장님, 이번 대회는 해볼 만하겠습니다. 저놈이 중원을 맡아주면 어느 팀한테도 밀릴 것 같지 않습니다."

"문제는 체력과 경기를 읽는 눈이야. 킥력은 좋은데 그게 얼마나 좋은지 걱정되는군."

"실전에서의 경기력을 말씀하시는 거군요."

"맞아, 킥은 좋은데 실제 경기에서 죽 쑤는 놈들도 많거든."

"그것도 그렇죠. 하여간 오늘은 늦었으니 다음 연습 때 드리블하고 슈팅을 보겠습니다. 오늘 나온 신입 사원 중에 셋 정도는 당장에 써먹을 수 있을 것 같습니다. 특히 박강호와 한석율은 주전으로 기용해도 충분합니다."

"그렇지. 자네도 나와 보는 눈이 같구만. 한석율 저 친구 옥스퍼드 출신이라고 했지?"

"예, 맞습니다."

"영국에서 공 좀 차본 모양이야. 포지션이 뭐래?"

"윙을 주로 봤답니다."

"괜찮군, 정말 괜찮아. 우리 본부는 항상 허리와 윙이 약해서 고전했는데 말이야."

유태희는 이영남의 보고를 받으며 의외의 표정을 지었다.

두 번의 훈련을 통해 주전이 결정되었는데 거기에 박강호가 포함되었다는 것이었다.

물론 신입 사원이 포함되지 말라는 법은 없다.

하지만 지금까지 대회를 치르면서 신입 사원이 주전으로 발탁된 경우는 거의 없었다.

이른바 짬밥이라는 것이 작동되기 때문이었다.

고만고만한 실력을 가졌다면 신입 사원은 고참들에게 밀려 후보가 되는 경우가 대부분이었다.

"박강호 씨와 한석율 씨가 공을 잘 차는 모양이죠?"

"한석율 씨는 옥스퍼드에서 종종 공을 찼다고 합니다. 스피드가 좋고 공을 다루는 능력도 수준급이라고 합니다. 문제는 박강호입니다. 그 친구는 킥력이 뛰어날 뿐만 아니라 패싱 기술이 아주 탁월해서 기대를 가질 만하다고 하더군요."

"우리가 조별 리그를 통과할 정도로요?"

"그건 두고 봐야 하겠지만 김 과장 말로는 충분히 해볼 만하답니다."

"오늘 마지막 연습이 있죠?"

"예, 그렇습니다."

"이 과장님은 선수들 연습하는 거 본 적이 있나요?"

"저는 일이 바빠서 시작할 때 필요한 것만 챙겨주고 연습 장면은 보지 못했습니다."

"오늘도 바쁘세요?"

"무슨 말씀이신지……."

"오늘 마지막 훈련이 끝나고 영업본부와 연습 게임을 한다면서요. 내가 직접 봐야겠어요. 얼마나 잘하는지 확인해서 실장님께 보고해야죠."

"아, 그렇다면 제가 수행하겠습니다."

박강호는 마지막 훈련을 끝낸 후 잠시 계단에 앉아서 쉬었다.

김문호의 지시에 따라 여러 가지 훈련을 소화했기 때문에 은근히 땀이 배어 나오는 중이었다.

휴식은 오래가지 않았다.

김문호가 곧바로 벌어진 영업본부와의 연습 게임을 위해 선수들을 불러 모았기 때문이었다.

"자, 지금부터 내 말 잘 들어주기 바랍니다. 미리 짜놓은 것처럼 선발 라인이 먼저 출전하겠습니다. 후보 선수들도 번갈아 출전할 테니 몸을 충분히 풀면서 기다려 주십시오. 그리고, 이번 경기는 연습 경기에 불과하다는 것을 꼭 명심하시기 바랍니다. 이기는 것이 목적이 아니라 팀워크를 맞춰보고 실전 경험을 쌓기 위한 것이니 무리하게 할 필요는 없습니다. 진짜 시합에 나가기 전에 다치는 일이 없도록 살살 하십시오. 그럼 지금부터 우리의 전술을 간단하게 말씀드리겠습니다……."

김문호의 전술은 정말 간단했다.

그가 선수들에게 요구한 것은 앞사람과의 간격을 최대한 유지해 달라는 것이었고 드리블을 줄여서 패스로 시합을 운영하자는 것이었다.

선수들은 고개를 끄덕여 알겠다는 표시를 했지만 박강호는 속으로 웃을 수밖에 없었다.

지금 주전으로 나서는 사람 중에는 40 중반을 훌쩍 넘은 부장이 있었고 서른 후반의 차장이 넷이나 포함되어 있었다.

그들이 얼마나 체력 관리를 잘했는지 모르지만 김문호의 요구는 20대 쌩쌩한 청년들한테도 어려운 요구였다.

　그럼에도 박강호는 한마디도 하지 않고 다른 사람처럼 고개를 끄덕인 후 자리에서 일어났다.

　반대쪽에서는 영업본부 선수들이 천천히 운동장으로 나가고 있는 중이었다.

　유태희와 이영남이 불쑥 나타난 것은 기획본부 선수들도 운동장으로 나가기 위해 모두 자리에서 일어났을 때였다.

　그녀의 출현을 가장 반긴 것은 대외협력부장이었다.

　"아니, 이게 누구야. 유 팀장이 여기까지 왕림하고 웬일이래?"

　"제가 우리 선수단 총무잖아요."

　"아하, 그렇지."

　"오늘 연습 게임 한다는 말을 듣고 응원 왔어요. 이제 시작하나 보죠?"

　"맞아, 지금 바로 시작할 거야."

　"화이팅하세요. 몸조심하시구요."

　"연습 경기라서 살살 하려고 했는데 유 팀장이 오는 바람에 우리 총각 사원들이 미친 듯 뛰겠구만. 그래도 오늘은 천천히 뛰어. 아름다운 여신이 본다고 무리하면 안 돼. 알겠지!"

　대외협력부장이 유태희를 향해 말하다가 뒤쪽에 서 있는 선수들을 향해 소리를 질렀다.

　그러자 선수들의 입에서 유쾌한 웃음이 터져 나왔다.

여신.

맞는 말이다.

유태희는 함부로 대할 수 없는 사람이었으나 여신임은 분명
한 사실이었다.

제27장
남자의 매력

박강호는 심판의 휘슬이 울리자 천천히 중앙에서 움직였다.

김문호의 말대로 전력을 다해 뛸 생각은 처음부터 없었다.

어차피 연습 시합이었으니 가벼운 마음으로 선수들과 발을 맞춰보는 것이 목적이라 생각했다.

천천히 움직이며 선수들의 움직임을 관찰하자 대학교 때 뛰었던 총장 배 축구 대회와 비교해서 수준이 떨어진다는 것을 금방 알 수 있었다.

어쩌면 당연한 일이었다.

젊은 청춘의 피 끓는 뜨거움을 나이 든 직장인들이 어찌 이 겨낼 수 있단 말인가.

그럼에도 선수들은 시합이 진행되자 연습 시합이란 걸 잊기라도 하듯 최선을 다해서 뛰었다.

걱정되었다.

이러다가 부상자라도 생기면 축구 대회 때문에 회사 생활에
지장이 생기는 일이 발생할지도 몰랐다.

그건 우리 편이 아니라 다른 편에게도 해당되는 일이었다.

그랬기에 영업본부의 허리 라인이 공을 몰고 들어오면 견제
만 했을 뿐 태클은 물론이고 적극적인 마크나 대인방어조차 하
지 않았다.

그렇다고 아예 손을 놓고 있던 것은 아니었다.

자신에게 패스가 오면 몰고 들어가다가 윙의 능력과 스트라
이커의 능력을 확인하기 위한 패스를 날렸다.

역시 부족하다.

대학교 때 고홍준과 발을 맞춘 것에 비교하면 수준이 한참
이나 떨어졌다.

하지만 그럼에도 큰 걱정은 되지 않았다.

영업본부의 수비 라인 역시 수준이 떨어지는 것은 마찬가지
였기 때문이었다.

한석율의 움직임이 제법 괜찮았고 스트라이커를 맡고 있는
대외협력부장도 나름대로 슈팅 능력이 있었기 때문에 적정한
패스만 들어간다면 충분히 골을 만들어낼 수 있을 것 같았다.

그러고 김문호가 이끄는 수비 라인도 꽤 튼튼한 편이었다.

김문호는 주장답게 상대의 공격을 적절하게 차단했는데 패스
능력과 킥력이 뛰어나서 허리진까지 공을 무리 없이 운반했다.

결국 연습 시합은 박강호의 패스를 받은 재무처의 차장이 골을 만들어내면서 기획본부가 이기는 것으로 마무리되었다.

박강호는 시합이 끝나고 하이파이브를 하는 선수들을 바라보며 환한 웃음을 지었다.

오랜만에 이겨본다는 선수들의 말에서 그동안 기획본부가 얼마나 성적이 좋지 않았는지 알 수 있었다.

연습 시합에서 이긴 것 가지고도 이처럼 좋아하니 실제 시합에서 이긴다면 얼마나 좋아할까.

후반전 골이 들어갔을 때 슬쩍 유태희를 바라보자 옆에 있던 이영남과 펄쩍펄쩍 뛰면서 기뻐하는 것이 보였다.

그녀는 선수단 총무라는 직책을 허울로 달고 있지 않다는 것을 온몸으로 보여줄 정도로 기뻐했다.

한참을 좋아서 펄쩍펄쩍 뛰던 유태희는 선수들이 시합을 끝내고 돌아오자 환한 미소로 반겨주었다.

그녀의 그런 모습에 선수들이 어색한 웃음으로 화답했다.

천하물산의 여신으로서 그녀가 자신을 바라보며 환한 웃음을 지어주는 건 쉽게 경험할 수 없는 것이었다.

선수들을 격려한 유태희는 이영남과 함께 사무실로 향하면서 오늘 있었던 결과에 대해서 물었다.

그녀는 기획실장한테 오늘 있었던 경기 결과를 보고해야 했기 때문에 자세한 걸 알고 싶어 했다.

아무래도 여자인 그녀보다는 그동안 축구팀을 전담했던 이영남의 눈이 더 정확할 것이기 때문이었다.

"우리 팀 꽤 잘하는데요. 이런 페이스라면 조별 리그를 통과할 수 있지 않을까요?"

"연습 시합이라 확신할 수 없지만 작년보다는 훨씬 좋아진 것 같습니다. 특히 저 한석율이란 친구는 스피드가 무척 빨라서 적의 진형을 여지없이 허무는 능력이 있네요. 잘만 활용하면 커다란 전력이 될 것 같습니다."

"박강호 씨는요?"

"제가 봤을 때 박강호는 패스 능력은 괜찮은 것 같은데 체력이 조금 딸리는 것 같습니다. 더군다나 몸싸움이 약해서 그런지 마크가 좋지 않아요."

"그런가요. 내가 봤을 때는 꽤 잘하는 것 같았는데 아닌가 보네요."

유태희가 이영남의 대답을 듣고 슬쩍 실망한 표정을 지었다. 그러자 이영남이 금방 말을 바꿨다.

"어쩌면 연습 시합이라 살살 뛰었는지도 모릅니다."

"그럴 수도 있겠죠?"

"그럼요. 어쨌든 오늘은 마지막 연습이 끝났으니까 저녁 회식을 하기로 했습니다. 선수들 샤워 끝내면 회사 앞의 고깃집에 데려가 저녁을 먹이겠습니다."

"그래야죠. 대신 제일 좋은 것으로 먹게 하세요. 우리 본부를 대표해서 싸우는 사람들이니까 우리가 최대한 지원을 해줘야 해요."

"그렇게 하겠습니다."

김문호는 시합을 끝내고 샤워를 한 후 옷을 갈아입고 샤워장을 나섰다.

그러자 먼저 샤워를 마친 박강호가 기다리고 있는 것이 보였다.

놈은 누구보다 자신을 먼저 챙기기 때문에 이제는 그가 자신을 기다리고 있는 것이 당연하게 여겨졌다.

박강호에게 다가가며 오늘 있었던 경기를 생각했다.

뭔가 미진했다.

두 번의 연습에서 보여준 박강호의 드리블 기술이나 킥력, 그리고 슈팅 능력은 오늘 게임에서 제대로 나온 것이 하나도 없었다.

그나마 인정할 수 있었던 것은 몇 번의 날카로운 패스 능력을 확인했다는 것이었다.

득점도 박강호의 송곳 같은 패스에서 이루어졌다.

수비가 밀집한 상태에서도 그림 같은 패스로 재무처 차장이 발만 가져다 대면 득점할 수 있도록 만든 것이 바로 박강호였다.

그럼에도 기대보다 부족했다는 것은 숨길 수 없었다.

자신은 박강호가 중원을 완전히 장악해서 게임 자체를 우세하게 이끌기 바랐지만 경기에 이겼을 뿐 시합은 대등하게 진행되었다.

박강호가 상대의 허리진을 방치하면서 발생한 일이었다.

만약 박강호가 타이트하게 적의 미드필더들을 압박했다면 경기는 훨씬 수월하게 진행될 수 있었다.

그랬기에 그는 아쉬운 눈으로 박강호를 바라보며 어색하게 웃음을 지었다.

"날 기다린 거냐?"

"예, 과장님."

"오늘 수고했어. 유 팀장이 이 과장 시켜서 소고기 사주라고 했단다. 고생했으니까 우리 오랜만에 포식해 보자."

"위가 비싼 고기 들어와서 놀라는 건 아닌지 모르겠네요."

"그놈 참, 그렇게 말하니까 내가 미안하잖아."

"왜요?"

"사수가 돼서 소고기 한번 안 사줬다고 푸념하는 걸로 들린단 말이다."

"그런 뜻이 아니란 걸 잘 아시면서 그러세요."

"하하, 농담이야. 가자, 식당이 가까우니까 걸어가도 10분이면 충분할 거다."

"예."

김문호가 먼저 걸어 나가자 박강호가 빙긋 웃으며 그 뒤를 따랐다.

시간이 갈수록 김문호는 자신을 친동생처럼 대해줘서 점점 부담감이 없어지고 있었다.

나란히 걷던 김문호가 불쑥 입을 연 것은 회사를 나와 길을 건너기 위해 횡단보도에서 신호가 바뀌기를 기다리고 있을 때였다.

"강호야!"

"말씀하십시오."

"오늘 경기 해보니까 어때?"

"재밌었습니다. 과장님이 공을 꽤 잘 차시던데요. 전 정말 놀랐습니다."

"아부하지 말고, 인마!"

"제 성격 아시면서 그러세요. 전 아부하고는 거리가 먼 놈입니다."

"얼씨구."

"한석율이도 상당히 빠르더군요. 대외협력부장님은 기회만 오면 득점할 수 있는 기량을 가지셨고요."

"그래, 한석율이는 네가 컨트롤만 잘해주면 우리의 주공격 루트로 충분히 활용할 수 있겠더라. 하지만 대외협력부장님은 전반이나 후반밖에 뛰실 수 없어. 오늘은 연습 게임이라 15분인데도 전반밖에 뛰지 않으셨잖아."

"그렇군요."

"강호야, 나 궁금한 게 있는데 물어봐도 되냐?"

"뭔데 그러십니까?"

"너 오늘 뛰는 거 보니까 상대방하고의 몸싸움을 전혀 안 하더라. 혹시 어디 아픈 데 있어?"

"없습니다."

"그럼 체력이 안돼서 그래?"

"아닙니다."

"그럼 뭐야?"

"오늘은 연습 게임이잖아요. 그래서 과장님 말씀대로 최대한 살살 했습니다."

"정말이냐?"

박강호의 대답에 김문호의 눈이 부릅떠졌다.

절대 빈말을 한 놈이 아니었으니 궁금증이 해소된 건 물론이고 한껏 기대감이 고조되었기 때문이었다.

오늘 경기에서 보여준 박강호의 실력은 자신의 기대감에 못 미쳤을 뿐 기획본부에서 뛴 이전의 어떤 미드필더보다 괜찮은 것이었다.

그랬기에 그는 박강호를 노려보며 천천히 입을 열었다.

"살살한 이유가 단순히 연습 게임이었기 때문이라 이거지?"

"그것도 있지만 사람들이 다칠까 봐 그랬습니다. 정규 시합도 아니고 몸을 푸는 연습 시합에서 격렬하게 부딪치면 다칠 공산이 크거든요."

"얼씨구."

"제가 원래 남을 생각하는 배려심이 생각보다 큽니다."

이젠 농담도 한다.

처음에는 자신을 하나님처럼 어렵게 대하더니 입사하고 5개월이 지나 마음을 주고받자 가끔가다 박강호는 이런 농담도 건넸다.

"그렇다면 본게임에 들어가면 더 잘할 수 있다는 뜻이냐."

"그럼요."

"좋아, 전략을 세워야 하니까 솔직히 말해라. 오늘 네 실력의 몇 프로나 보인 거냐?"

"정확하게 말씀드리기는 뭐하지만 한 삼사십 프로 정도만 뛴 것 같습니다."

"미치겠군. 정말 환장하겠어."

기획본부의 첫 게임은 화요일 개막식 첫 게임으로 벌어졌다.

개막식에는 사장과 노조 위원장을 비롯해서 수많은 직원들이 몰려들었는데 거의 천 명 가까이 되어 보였다.

각 본부의 본부장들은 물론이고 간부들이 대거 나왔는데 직원들은 식전 행사로 벌어진 초청 치어리더들의 댄스 시범에 이어 요즘 잘나간다는 가수의 공연까지 보며 마음껏 축제의 분위기를 즐겼다.

식전 행사가 끝나고 각 본부의 선수들이 입장하자 사장과 노조 위원장의 격려사가 이어졌다.

다치는 일 없이 축제를 즐겨달라는 부탁이 주 내용이었다.

하지만 선수들은 물론이고 직원들은 모두 안다.

각 본부의 명예를 위해서 선수들은 다리가 부러지는 한이 있어도 최선을 다해 뛸 것이라는 걸.

모든 행사가 끝나자 직원들의 반수 정도가 자리를 비웠다.

아무리 천하물산의 가장 커다란 축제라 해도 바쁜 일을 미뤄가면서 관전한다는 것은 있을 수 없는 일이기 때문이었다.

물론 그 이면에는 다른 본부의 시합을 볼 만큼 심적인 여유가 없다는 것도 한몫했다.

모든 사람이 축구를 좋아하는 것은 아니었다.

어쩔 수 없이 눈치를 보며 자기 본부 시합 때는 나오지만 많은 사람들이 일을 핑계로 자리를 떠나는 경우가 허다했다.

경기 시작이 다가오자 기획본부 선수들이 몸을 풀기 시작했다.

상대는 전남본부였는데 작년 조별 리그를 통과한 강자였다.

사장 배 축구 시합은 4개 조로 운영하고 각 조의 상위 2개 팀이 토너먼트로 우승을 가리는 방식을 택하고 있었다.

기획본부는 토목본부와 전남본부, 경남본부와 함께 C조에 속해졌다.

대진 운은 그리 나쁜 편은 아니었다.

작년 준우승을 차지한 토목본부가 시드 배정을 받았지만 나머지 전남본부와 경남본부와는 해볼 만했기 때문이었다.

특히 경남본부는 축구 열기가 약해서 작년에 최하위로 예선에 탈락한 팀이었다.

시간이 지나 심판이 하프라인을 따라 걸어 들어가며 호루라기를 불어 선수들을 집합시켰다.

사장은 개막전 경기를 관전하겠다는 듯 로열석에 앉아 있었기 때문에 각 본부의 본부장들과 핵심 간부들은 모두 자리를 떠나지 못하고 있었다.

"어머, 시작하나 봐요."

"올해는 조별 리그를 통과해야 될 텐데 걱정이다."

강수연이 호들갑을 떨자 예산집행부의 차장인 한미숙이 쓴 웃음을 지었다.

한미숙은 41살로 큰애가 중학교에 다닐 정도로 고참이었다.

그녀는 입사 후 대부분 기획본부에서 근무했기 때문에 축구 대회에서 기획본부의 성적을 누구보다 잘 아는 사람 중의 하나였다.

그런 한미숙을 향해 강수연이 입을 연 것은 선수들이 집행석을 향해 인사를 할 때였다.

"이번에는 선수 보강이 많이 돼서 다를 거라고 했어요. 특히 신입 사원인 박강호 씨와 한석율 씨가 실력이 뛰어나데요."

"그러니?"

"아, 정말 잘해줬으면 좋겠다."

"너 사심 있는 거지?"

"무슨 사심요?"

"내가 계속해서 지켜봤는데 너 시간 날 때마다 기획경영부 쪽을 기웃거리더라. 그게 저기 있는 박강호 때문 아니야?"

"기웃거리긴요. 일이 있어서 간 것뿐이에요."

강수연이 한미숙의 말에 펄쩍 뛰면서 얼굴을 붉혔다.

하지만 그 모습에 그냥 넘어갈 한미숙이 아니었다.

오랜 직장 생활에서 는 것은 눈치밖에 없다.

더군다나 사람의 행동만 대충 봐도 어떤 상황인지 알아내야 하는 능력은 회사 생활에서 반드시 필요한 핵심 요소 중의 하나였다.

그랬기에 그녀는 강수연을 향해 영악한 미소를 꺼내 들었다.

"정말이지. 그럼 저놈 다른 애 소개시켜 줘도 돼?"

"차장님, 왜 이러세요."

"빨리 불어. 그렇지 않으면 거짓말한 죄로 내가 분노의 칼을 꺼내 들 테니까."

"에이, 그러시면 안 되죠."

"말해봐. 고백하면 용서해 주지."

"호호, 관심이 있긴 해요. 근데 지켜보는 중이에요. 얼마나 괜찮은 사람인지 알아야 어떻게 해보든지 하죠."

"하긴, 저놈 잘생겼긴 하지. 더군다나 줄도 든든하고."

"그렇죠?"

"그런데 쉽지는 않을 거다. 우리 회사는 여직원들 간의 룰이 있거든."

"무슨 룰요?"

"그건 조금 있으면 자연스럽게 알게 돼."

박강호는 주장인 김문호가 선수들을 불러 모으자 자기 진형의 중간으로 다가갔다.

그가 뽑은 베스트멤버가 그대로 출전해서 대외협력부장도 자리를 같이했다.

직급이 높아도 이 자리는 주장의 명령을 따라야 하기 때문에 그는 군소리 없이 가장 먼 곳에서 뛰어왔다.

"자, 다들 아시겠지만 오늘 경기만 이기면 우리는 조별 리그를 통과할 가능성이 큽니다. 그러니 최선을 다해주십시오. 제가 손을 내밀면 기획을 세 번 외치고 파이팅을 하겠습니다. 오늘 우리 본부장님이 사장님 앞에서 큰소리치는 것 좀 봅시다. 기획… 기획… 기획… 화이팅!"

우렁차다.

목소리가 우렁차다는 것은 기세가 살아 있다는 것을 의미하는 것이었다.

아마, 연습 시합에서 영업본부를 이긴 것이 선수들을 고무시켰던 게 분명했다.

파이팅을 외치고 돌아서자 새삼 긴장감이 생겨났다.

지금 이곳에는 사장님을 비롯해서 자신과 아무런 연관이 없지만 든든한 줄이라고 알려진 기획본부장과 핵심 간부들, 그리고 하늘 같은 선배들이 선수들을 응원하기 위해 스탠드를 가득 메우고 있었다.

심판의 호루라기 신호와 함께 공이 자신에게 넘어왔다.

박강호는 천천히 공을 몰다가 왼쪽 미드필터를 보고 있는 최 과장한테 슬쩍 패스했다가 금방 다시 이어받았다.

어느새 기획본부 공격진은 상대방의 골문 앞까지 대시해 들어가는 중이었다.

하지만 시합이 금방 시작되었기 때문인지 상대방 수비수가 너무 많아 패스가 어려웠다.

그랬기에 박강호는 센터라인 조금 넘어간 지점에서 벼락같이 슈팅을 때렸다.

들어갈 거란 생각은 거리가 너무 멀어 처음부터 하지 않았다.

상대방이 밀집 수비를 했기 때문에 위협을 하기 위함이었고 초반에 슛을 때려 분위기를 끌어 올리기 위한 시도였다.

그러나 그의 의도와는 다르게 공은 총알같이 날아가 크로스바를 때리며 바깥으로 흘러나왔다.

콰앙!

임팩트 순간에 감이 너무 좋다고 생각했는데 조금만 발의 각도를 낮췄다면 들어갈 수도 있는 슛이었다.

공이 골대를 때리고 흘러나오자 기획본부 응원단 쪽에서 경악과 탄식이 터졌다.

그 먼 거리에서 슛을 할 줄은 전혀 예상치 못했던 응원단은 놀라움과 아쉬움을 동시에 표현했다.

그때부터 박강호의 믿기지 않은 활약이 시작되었다.

그는 연습 시합 때와는 다르게 전남본부의 허리진을 완전히 제압했는데 중앙에서 머물며 수비와 공격을 진두지휘했다.

중원의 사령관이란 표현이 전혀 아깝지 않을 정도의 활약이었다.

첫 번째 골은 전반 15분경에 나왔다.

전남본부의 공격을 중간에서 차단한 박강호가 폭풍처럼 드리블해 들어가다 노마크로 서 있던 대외협력부장에게 정확하게 패스해 줬던 것이다.

대외협력부장은 마치 폭주기관차처럼 밀고 들어오며 마지막 수비수까지 제치는 박강호의 환상적인 드리블을 구경하다가 자신에게 공이 굴러오자 인사이드로 가볍게 골을 뽑아냈다.

"와아, 와아!"

선취골이 들어가자 우측 스탠드에 몰려 있던 기획본부의 응원단이 난리가 났다.

특히 여직원이 많은 기획본부는 남자들의 함성 소리를 단숨에 날려 버리는 여직원들의 비명 소리가 지진이 난 것처럼 울려 퍼졌다.

다시 시합이 진행되었다.

선취골을 내준 전남본부의 수세는 계속되었다.

작년 조별 리그를 통과할 만큼 강팀으로 알려졌던 전남본부는 박강호 한 명에게 농락당하며 수시로 위기를 맞았다.

그럼에도 만회를 해야 된다는 투지를 불사르며 반격을 노렸지만 그것이 오히려 화근이 되었다.

박강호가 지휘하는 중원이 오랜만에 뚫리자 전남본부의 공격수와 허리진이 모두 올라왔는데 김문호가 중간에서 패스를 차단하고 전방으로 롱킥을 날렸던 것이다.

하지만 킥은 정확하게 맞지 않아 수비에 가담했던 박강호에게 데굴데굴 굴러왔다.

공을 키핑한 박강호는 상대 팀의 수비를 확인했다.

오랜만에 기회를 잡았기 때문인지 하프라인까지 모든 선수가 올라와 있어 수비는 단 세 명만 남아 있는 상태였다.

하지만 그 세 명도 기획본부의 양쪽 윙을 견제하느라 중앙은 오직 한 명만이 지키고 있었다.

박강호는 키핑한 공을 매달고 그대로 전진했다.

주력에는 자신 있었고 최종 수비 정도는 개인기로 얼마든지 따돌릴 능력이 있었다.

전남본부의 최종 수비수는 박강호가 페인팅으로 슬쩍 제치며 통과하자 악을 쓰고 따라왔으나 주력에서 상대가 되지 않았다.

공격에 가담했던 미드필더들은 아예 따라올 엄두조차 내지 못하고 그저 멍하니 서서 박강호의 질주를 지켜볼 뿐이었다.

단독 찬스.

사이드로 빠지며 최종 수비수까지 제쳤기 때문에 오직 골키퍼만이 남아서 각도를 좁히며 뛰어나왔다.

서서 기다리면 오히려 더 위험하다고 느낀 것이 분명했다.

그러나 골문은 넓었고 전문 골키퍼가 아니었기 때문인지 좁혀온 각도가 엉성하기 그지없어 슬쩍만 차 넣어도 골을 만들어 낼 수 있었다.

그럼에도 박강호는 드리블을 멈추고 공을 슬쩍 뒤따라오던 대외협력부장의 발끝에 정확하게 배달했다.

텅 빈 골문.

대외협력부장이 발만 갖다 대었는데도 공은 데굴데굴 구르며 골문 안으로 파고들었다.

또다시 함성이 터졌고 대외협력부장은 펄쩍펄쩍 뛰며 응원단을 향해 어퍼컷 세리머니를 날렸다.

그는 오늘 두 골이나 넣었기 때문에 기획본부의 영웅이 되고도 남을 정도였다.

전반전이 끝나자 유태희는 손수 선수들에게 물을 날라주며 연신 수고했다는 말을 전했다.

2 : 0.

시합이 시작되었을 때는 전혀 생각지도 못했던 스코어였다.

물론 후반전이 남았지만 지금 이대로라면 질 거란 생각은 눈곱만큼도 들지 않았다.

자신을 따라 여직원들이 선수들에게 물을 전하고 뒤로 물러서자 유태희는 조금 떨어져서 선수들의 대화를 들었다.

김문호를 비롯해서 선수들은 박강호를 칭찬하느라 여념이 없었는데 그중 가장 큰 소리로 떠들고 있는 것은 대외협력부장이었다.

유태희는 팔짱을 끼고 박강호를 바라보았다.

지금은 순한 양처럼 한쪽에 앉아서 휴식을 취하고 있지만 필드에서의 그는 마치 한 마리 야생마처럼 느껴질 정도로 대단했다.

도대체 저 사람의 정체는 뭘까.

그러고 자신의 시선은 왜 저 사람에게 자꾸 향하는 걸까.

야근하는 모습을 보면서 느꼈던 묘함 감정이 지금 이 순간 그를 바라보면서 훨씬 더 증폭되어 자신의 가슴을 때리고 있는 것이 느껴졌다.

지금 이 감정이 무엇인지 정확하게 알 수는 없었다.

다만, 한 가지.

그를 바라볼 때마다 자신의 심장이 자꾸 두근거린다는 것이었다.

"기획본부장!"

"예, 사장님."

"혹시 저 친구 아십니까?"

"기획실 전략경영부에 들어온 신입 사원 박강호라고 합니다."

"허어, 신입 사원 이름까지 알고 있단 말입니까?"

천하물산의 사장 허영도가 기획본부장을 향해 놀랍다는 표정을 지었다.

간부도 아니고 들어온 지 얼마 안 된 신입 사원의 이름까지 알고 있다는 것은 정말 의외의 일이었기 때문이었다.

하지만 기획본부장은 허영도를 향해 빙그레 웃음을 지으며 당연하다는 표정을 지었다.

"저 친구 면접을 제가 봤습니다. 워낙 성실하고 뛰어나서 제가 기획실로 스카우트했거든요."

"그런 일이 있었어요?"

"이번 공채 시험에서 차석을 한 직원입니다. 비록 SKY 출신은 아니지만 면접에서 확인한 결과 꽤 똑똑했습니다."

"그런 친구가 저렇게 운동도 잘한단 말입니까. 나는 기획본부가 하도 성적이 안 좋아서 프로 축구 선수를 스카우트한 줄 알았습니다."

"저도 저렇게 공을 찰 줄은 몰랐습니다. 축구 잘해서 뽑은 건 아니니까 오해하지 말아주십시오."

"내가 우리 본부장님 성격을 아는데 그런 일이 있었겠소."

"믿어주셔서 감사합니다."

"하여간, 보물을 얻은 거 축하합니다. 이번 대회는 기획본부가 파란을 일으키겠어요."

"저도 그러기를 학수고대하고 있는 중입니다."

"하여간 기대가 커요. 자, 나는 그만 일어나야겠습니다. 장관님하고 면담 약속이 있어서 아쉽지만 끝까지 보지 못하겠네요."

허영도가 자리에서 일어나자 로열석에 앉아 있던 핵심 간부들이 우르르 따라 일어섰다.

그리고 그 뒤를 비서실장을 포함해서 반 정도의 인원이 허영도를 따라 자리를 떴다.

그들 역시 다른 본부의 축구 시합을 끝까지 볼 정도로 한가한 사람들이 아니었기 때문이었다.

후반전이 시작되자 기획본부의 응원 열기는 훨씬 더해졌다.

경기에서 응원하는 팀이 이기고 있다는 것은 응원단을 신명 나게 만들기에 충분했다.

대외협력부장이 빠진 자리에는 후보로 밀려났던 최문석이 들어왔는데 그는 재무처에 근무하는 신입 사원이었다.

전남본부의 선수들 얼굴은 투지로 불타고 있었다.

이대로 물러설 수는 없다는 각오가 그들의 얼굴에 배어 있었는데 박강호를 노려보는 시선이 곱지 않았다.

휘슬이 울리자 그들은 마치 물밀듯이 올라왔다.

어차피 기획본부에게 진다면 조별 리그 통과가 어렵다고 판단했기 때문인지 후반전의 전략을 총공격으로 정했던 모양이었다.

하지만 그런 전략은 오히려 독약을 마시는 것과 마찬가지의 결과를 만들어냈다.

박강호는 어릴 적부터 수많은 시합을 해봤기 때문에 이런 전략을 깨뜨리는 방법을 너무나 잘 알고 있었다.

공이 넘어오는 순간 쇼트패스를 생략하고 양쪽 윙을 향해 롱패스를 날렸다.

공격에 집중하는 팀은 언제나 사이드를 비우는 특징이 있기 때문인데 박강호가 패스를 날릴 때마다 양쪽 윙인 한석율과 천기덕의 대시가 번번이 먹혀들어 전남본부는 수시로 위기를 맞이했다.

추가 골은 박강호의 정확한 패스를 받은 한석율이 골키퍼와 단독으로 마주 선 찬스에서 인사이드로 차 넣으면서 이루어졌다.

골을 넣은 한석율의 행동은 그야말로 난리부르스였다.

펄쩍펄쩍 뛰며 두 손을 번쩍 들고 돌아오는 모습이 꼭 개선장군을 보는 것 같았다.

그때부터 전남본부의 기는 완전히 꺾여 버렸다.

어떻게 해볼 도리가 없는 상황이 되었을 때 사람은 자포자기의 상태에 빠지게 되는데 전남본부 선수들의 행동이 꼭 그랬다.

체력은 급속도로 빠졌고 패스도 이루어지지 않았다.

더군다나 공격을 했다가 수비로 돌아오지 못했기 때문에 박강호가 마음만 먹는다면 여러 골을 뽑아낼 수 있을 정도였다.

하지만 박강호는 시간이 얼마 남지 않았다는 것을 확인하고 적극적인 공격을 하지 않았다.

투지를 잃어버린 상대에게 치명상을 입히는 것은 강자의 도리가 아니라는 것을 정확하게 알고 있었기 때문이었다.

특히 이 경기는 같은 동료들이 친선을 위해 시합을 하는 곳이었다.

언제든지 부딪쳐야 할 동료들에게 비수를 꽂는 것은 절대 해서는 안 되는 짓이었다.

그랬기에 박강호는 한석율이 무방비 상태에서 손을 흔드는 것을 못 본 체 시간을 끌었다.

"저놈 상종가를 치겠네."

"무슨 말씀이세요?"

"그렇지 않아도 블루칩이라고 소문이 돌던데 저렇게 해놨으니 거의 톱클래스로 치고 올라갈 것 같다."

"차장님. 그게 무슨 말씀이냐구요!"

시합을 끝낸 선수들이 그라운드 밖으로 빠져나오는 것을 확인한 한미숙이 알아듣기 힘든 말을 하자 강수연이 그녀의 팔을 흔들며 사정을 했다.

기획실장은 시합에서 이기고 돌아온 선수들을 향해 일일이 악수를 하며 격려를 했는데 특히 박강호 앞에서는 오랫동안 머물렀다.

한미숙의 입이 다시 열린 것은 기획실장의 뒤를 따르던 유태희가 박강호에게 아쉬운 시선을 던진 후 몸을 돌렸을 때였다.

"너도 쟤 시합하는 거 봤잖아. 못 느꼈어?"

"생각보다 훨씬 잘했어요. 마치 혼자서 모든 경기를 지배하는 것같이 보일 정도로 엄청났어요."

"그것만 보였니?"

"그럼 어떤……?"

"박강호, 생긴 것과 다르게 무척 영악한 놈이야. 신입 사원답지 않은 행동을 하는 걸 보니 살아가는 방법을 아는 친구야. 한석율은 쟤에 비하면 한참을 더 배워야겠다."

"도대체 그런 평가는 어떻게 나오는 건데요?"

"지가 넣을 수 있는데도 안 넣고 대외협력부장에게 공을 넘기잖아. 더군다나 승패가 결정된 후로는 적극적인 공격을 안 했어. 높은 사람에 대한 배려와 비록 적으로 만났지만 상대 선수 역시 동료라는 인식이 몸에 배어 있단 뜻이다."

"…생각해 보니 그렇군요."

"축구를 잘한다고 해서 모두 히어로가 되는 건 아니야. 그것을 뒷받침하는 인성이 있어야 진정한 히어로가 될 수 있지. 봐라, 우리 선수들 표정을 봐. 박강호 저놈한테 엄청난 호감을 보이잖아. 졌는데도 누구도 시샘하거나 싫어하는 표정을 짓지 않는 건 쉽지 않은 일이야."

본게임을 이겼기 때문에 오늘 회식은 기획실장과 유태희까지 참석했다.

물론 이틀 후 벌어질 시합 때문에 많은 술을 시킨 건 아니었지만 기획실장이 오늘 같은 날은 한 잔씩 돌려야 한다는 주장을 해서 소주도 다섯 병이나 들어왔다.

기획실장 박율규는 S대 출신임에도 선천적으로 운동신경이 뛰어났고 특히 축구를 좋아해서 어릴 때부터 공을 끼고 산 사람이었다.

천하그룹 사장 배 축구 시합 때도 1, 2회를 뛰었는데 그때 그는 영업본부 소속으로 MVP를 연속으로 획득해서 윗사람들의 눈도장을 확실하게 받았다.

기획실장은 말을 잘했다.

직급과 직위가 있어서 그런지 사람들을 집중시키는 힘이 대단했고 내용도 상대방이 흥미를 느끼도록 조절하는 능력이 뛰어났다.

그는 일장연설 대신 자신이 과거에 축구를 하면서 겪었던 일화들을 건배사로 대신하며 축배를 높이 들었는데 마지막에 이런 말을 남겼다.

"여러분, 저는 다른 선약이 있어서 오래 있지 못합니다. 대신 여기 여신으로 불리는 유 팀장을 남겨놓을 테니 마음껏 드시고 다음 시합도 훌륭히 치러주기를 부탁드립니다. 자, 파이팅!"

분위기가 본격적으로 화기애애하게 바뀐 것은 기획실장이 먼저 자리에서 일어나고 난 후부터였다.

그때부터 선수들은 오늘 있었던 시합 내용을 말하면서 자신들도 모르게 술잔을 비웠다.

즐거우면 술이 들어간다.

비록 이틀 후에 시합이 벌어져도 과음만 안 하면 된다는 생각이 마음속에 있었기 때문에 분위기가 좋아지자 술을 마다하기 어려웠다.

대외협력부장이 일일이 선수들에게 술을 따라주며 격려를 시작했을 때 김문호가 옆에 앉아 있던 박강호에게 슬쩍 말을 붙여왔다.

"강호야."

"예, 과장님."

"사석에서는 형님이라고 불러도 된다니까!"

"버릇이 돼서 그게 잘 안 됩니다. 나중에 자연스럽게 될 때 그렇게 하겠습니다."

"좋아, 그건 그렇고 오늘은 몇 퍼센트나 뛴 거냐?"

"오늘은 열심히 뛰었는데요."

"마지막엔 설렁설렁 뛰었잖아."

"그거야 승패가 결정되어서 그랬죠. 그런 것까지 감안한다면 한 팔십 퍼센트 정도 되겠네요."

"흐흐… 그래 인마, 어휴 장한 놈. 내가 너 때문에 요즘 행복해서 미칠 지경이다."

김문호가 갑자가 박강호의 머리를 쓰다듬었다.

그는 정말 박강호가 예뻐 죽겠는지 머리를 쓰다듬다가 자신의 가슴으로 끌어안기까지 했다.

그때 유태희가 천천히 그들 옆으로 다가왔다.

"아니, 김 과장님. 남자들끼리 뭐 하는 거예요?"

"아… 팀장님, 이놈이 하도 예뻐서 저도 모르게 그만……."

"호호, 그렇군요. 남자들도 예쁘면 끌어안나 보네요."

"가끔가다 그렇기도 하죠. 남자도 사람이니까요."

"박강호 씨, 오늘 정말 수고했어요. 제 잔 한 잔 받을래요?"

"감사합니다."

거부할 수가 없었다.

이미 그녀는 술잔을 내밀고 있었으니까.

조심스럽게 따르는 그녀의 손이 아름다웠다.

섬섬옥수란 표현이 전혀 아깝지 않을 정도로 그녀의 손은 백옥 같았고 생기가 넘쳐흘렀다.

박강호는 따라준 술을 단숨에 마시고 빤히 유태희를 바라보았다.

술이란 주고받는 것.

받았으니 다시 돌려줘야 되는 것이 원칙이다.

"한 잔 드려도 되겠습니까?"

"주세요. 오늘의 영웅이 따라주신다는데 받아야죠."

두 번째 벌어진 경남본부와의 시합은 전남본부보다 훨씬 원사이드하게 진행되었다.

박강호의 완벽한 어시스트를 받은 대외협력부장은 또다시 전반에만 두 골을 넣었고 레프트윙을 맡고 있는 천기덕이 추가 골을 터뜨리면서 후반이 10분 남았을 때 스코어는 3 : 0이 되었다.

기획본부의 응원단은 난리가 났다.

남직원들은 연신 즐거움에 겨운 웃음을 흘리며 옆 사람과 대화를 나눴고 여직원들은 골이 들어갈 때마다 팔짝팔짝 뛰며 비명을 질러댔다.

문제가 생긴 것은 천기덕이 추가 골을 터뜨리고 얼마 지나지 않았을 때였다.

기획본부의 직원들은 공격수들을 제외하고 누가 공을 잡아도 박강호에게 연결한다.

중원을 지휘하는 박강호의 패싱력이 워낙 뛰어났고 공을 빼앗기는 경우도 거의 없었기 때문에 모든 선수들이 그를 철석같이 믿었기 때문이었다.

벼락같은 태클이 들어온 것은 김문호가 박강호에게 패스를 해서 공을 키핑하는 순간이었다.

순간적으로 균형을 맞추고 턴을 하는 순간이었기 때문에 뒤쪽에서 두 발을 들고 들어온 태클을 박강호는 미처 피하지 못했다.

퍼억!

격렬한 태클에 박강호의 몸이 허공으로 떠올랐다가 땅바닥에 내팽개쳐졌다.

맞은 다리에서 고통이 느껴졌다.

다리를 제대로 얻어맞았기 때문에 박강호는 일어서지 못하고 누운 채 한동안 일어서지 못했다.

기획본부의 모든 선수들이 달려왔다.

제일 먼저 뛰어온 것은 뒤를 받치고 있던 김문호였는데 그는 박강호의 다리를 어루만지며 연신 소리를 질렀다.

"강호야, 괜찮냐. 어느 다리야!"

"과장님, 왼쪽 다리가 이상합니다."

"아, 씨발. 간호사… 간호사!!"

김문호가 미친 듯이 대기하고 있던 간호사를 부르자 그라운드 밖에서 대기하고 있던 여자가 약통을 들고 뛰어 들어왔다.

간호사가 박강호를 돌보는 걸 확인한 김문호가 뒤로 돌아서

더니 성질을 참지 못하고 웃통을 벗어젖혔다.

그런 후 곧장 태클을 한 경남본부의 직원을 향해 달려갔다.

"야, 씨발놈아. 공을 차는 거야, 사람을 차는 거야. 일루 와, 이 개새끼야 너도 한번 맞아봐!"

전남본부 선수들이 그런 김문호를 뜯어말렸지만 김문호의 분노는 극에 달한 상태였다.

박강호는 또다시 3 : 0으로 이기자 전남본부 때와 마찬가지로 천천히 움직이며 적극적인 공격을 하지 않았다.

그런데도 이런 결과가 일어나자 머리털이 곤두설 정도로 화가 치민 모양이었다.

그는 상대가 누군지 확인조차 할 생각이 없는 것 같았다.

그때 대외협력부장이 그 뒤를 가세하며 소리를 질렀다.

"야, 인마. 넌 동료 의식도 없냐. 소속하고 이름 대! 이 새끼 본때를 보여줄 테다."

물론 그렇게 하지는 않을 것이다.

대외협력부장은 직장 생활을 이십 년 가까이 한 베테랑 중의 베테랑이었으니 축구 때문에 직원에게 인사상의 불이익을 줄 사람이 절대 아니었다.

그런데도 그렇게 한 것은 화를 참지 못하고 내지른 소리였다.

박강호가 그를 위해 노력하고 있다는 것을 이번 시합으로 확실히 알게 되었기 때문이었다.

자신을 위해 직접 넣어도 될 공을 틈만 나면 밀어주었으니

대견한 놈이라 여겨졌다.

막상 자신이 넣은 네 골은 모두 박강호가 넣은 것이나 마찬가지였고 그는 기획본부에서 절대 없어서는 안 될 선수였다.

상대 선수의 거친 반칙에 야유를 퍼부으며 화를 내던 응원단은 박강호가 선수들에게 부축을 받고 나오자 걱정 어린 시선을 보내왔다.

특히 유태희는 직접 다가와 박강호의 상태를 살폈는데 왼발이 붉게 부어오른 것을 보고 얼음을 수건에 싸서 직접 대어주었다.

"강호 씨, 괜찮아요?"

"괜찮습니다."

"많이 부었어요."

안타까운 음성.

그녀는 남자의 흙이 잔뜩 묻은 발을 만지면서도 전혀 꺼려하지 않았다.

그러고 그 몸짓이 너무 자연스러워 사랑하는 사람의 발을 만지고 있다는 착각을 느낄 정도였다.

하지만 그녀는 후속 조치도 잊지 않았다.

옆에 있는 간호사는 자신이 할 일을 그녀가 했기 때문에 멀거니 서 있었는데 유태희는 그녀를 향해 빠르게 물었다.

"간호사, 혹시 어디 부러진 건 아니죠?"

"아닙니다. 다리를 짚는 걸 보니 부러진 건 아니에요. 하지만

병원은 가봐야 해요. 혹시 인대가 손상되었을 수도 있으니까
요."

"알았어요. 이 과장님!"

유태희는 간호사의 말을 듣고 걱정 어린 시선으로 서 있던
이영남을 불렀다.

그런 후 곧장 차를 대기시키라는 지시를 내렸다.

병원으로 온 유태희는 이영남을 시켜 접수를 하게 한 후 대
기석에 앉아 있는 박강호를 멀리서 훔쳐보았다.

그를 부축하면서 느껴야 했던 심장의 고동 소리.

그러고 떨리던 감정.

모든 것이 낯설었지만 싫지는 않았다.

아니, 그 순간이 어쩌면 영원하기를 바랐을 정도로 그녀는
행복한 감정을 느꼈다.

도대체 이 감정의 정체는 뭘까.

혼자서 박강호를 훔쳐보다 이영남이 다가오는 것을 느끼고
얼른 시선을 돌렸다.

다행스럽게 박강호의 상태는 인대가 손상된 것이 아니었
다.

의사의 말로는 며칠 쉬면 다시 원상태로 돌아온다는 진단을
해줬는데 당분간 약을 먹으며 충분히 쉬라는 처방을 내렸다.

다행이었다.

단순히 축구 시합 때문에 생긴 다행이 아니라 그가 다치지

않았다는 것 자체가 다행으로 여겨졌다.

이영남과 함께 그를 부축하고 차로 이동하는 순간 또다시 아까와 같은 감정이 바보처럼 가슴으로 밀려왔다.

이러면 안 된다는 생각조차 하지 못할 정도로 그 감정은 마치 바다에서 들어오는 밀물처럼 그녀의 가슴을 적셔 버렸다.

"강호야, 괜찮아?"

"아까보다는 조금 덜 아픕니다."

"오늘은 그만 집에 가라."

"집에 가라뇨?"

"축구 시합도 회사 생활의 연장이야. 부상병이 집에 간다고 뭐라 할 사람은 하나도 없다. 그걸 보고 직장에서는 산재라고 하는 거다."

"그래도 아직 세 시간이나 남았는데 어떻게 집에 가요."

"가라면 가. 오늘 같은 날 핑계 대고 데이트나 즐겨. 걸어 다니지는 말고."

"정말 그래도 됩니까?"

"되니까 가라는 거잖아!"

김문호가 소리를 버럭 질렀다.

물론 가지 못하게 할 수도 있다. 박강호가 뽑아줘야 하는 현황들이 아직 많이 남아 있었으니 그가 일찍 퇴근하면 그 일들을 자신이 해야 한다.

하지만 그는 단호하게 박강호의 퇴근을 지시했다.

기획본부를 위해 다리까지 다쳤으니 그 보상을 해주고 싶었기 때문이었다.

박강호가 김문호의 얼굴을 빤히 쳐다보며 질문을 던진 것은 그가 돌아서서 책상으로 가려 할 때였다.

"저기, 과장님. 다쳐서 죄송합니다. 아직 시합이 남았는데……."

"그놈 참, 별걱정을 다 하네."

"어떡하든 다음 시합까지는 몸을 만들어보겠습니다."

"다음 시합은 네가 안 뛰어도 된다. 우린 벌써 2승을 했기 때문에 조별 리그를 통과했어."

"토목본부를 꺾지 못하면 D조 1위와 붙어야 한다면서요. 이왕 하는 거 조 1위로 올라가야죠."

"괜찮아. 걱정하지 마. 넌 본선 경기 때까지 푹 쉬어. 나머지는 내가 다 알아서 할 테니까."

김문호의 큰소리와 다르게 토목본부와의 최종전은 지금까지의 시합과 판이하게 달랐다.

토목본부는 작년 준우승 팀으로 막강한 전력을 갖추어 이미 2승을 따냈는데 반드시 조 1위를 하겠다는 듯 맹렬하게 기획본부를 몰아붙였다.

박강호가 빠진 것이 컸다.

상대에게 중앙을 제압당한 기획본부는 연신 수세에 밀리고 있었다.

"어머, 어머, 어떡해!"

토목본부의 스트라이커가 단독으로 치고 들어가다 골키퍼를 제치고 골을 성공시키자 강수연이 안타까움을 숨기지 못하고 자신의 두 손을 부여잡았다.

그것은 그녀뿐만이 아니었다.

그동안 연승 행진으로 축구 시합이 벌어지는 날마다 모든 업무를 전폐하고 응원 나왔던 기획본부의 직원들은 자신들도 모르게 모두 탄식을 흘려냈다.

하지만 그들과는 다르게 반대쪽에서 응원하고 있던 토목본부 쪽에서는 벼락같은 함성이 터졌나왔다.

작년에 이루지 못했던 우승의 꿈을 이번에는 반드시 이루자며 그들은 열렬히 선수들에게 승리를 염원하는 고함 소리를 질러댔다.

다시 시합이 진행되었으나 패턴은 마찬가지였다.

미드필더에서 우세를 점하지 못한다는 것은 칼을 들고 싸우는 놈에게 맨손으로 덤비는 것과 비슷한 것이었다.

강수연의 옆에서 여직원들과 경기를 지켜보던 한미숙의 입이 열린 것은 대기석에 있던 박강호를 힐끔 바라본 후였다.

"그것참. 한 사람 빠졌다고 경기가 이 지경이 되나. 축구란게 요상하네."

"지금 강호 씨 이야기 하는 거죠?"

"그럼 누가 있겠어."

"그만큼 강호 씨가 축구를 잘한다는 거잖아요."

"쟤 다리 어떻대?"

"심하지는 않는가 봐요. 병원에서 며칠 쉬면 괜찮아질 거라고 했대요."

『멋진 인생』 4권에 계속…

검자 **新무협 판타지 소설**
FANTASTIC ORIENTAL HEROES

목탁

해적으로 바다를 누비던 청년,
절해고도에 표류해… 절대고수를 만나다!

"목탁은 중생을 구제하는
좋은 이름일세"

더 이상 조무래기 해적은 없다!
거칠지만 다정하고, 가슴속 뜨거운 것을 품은

목탁의 호호탕탕 강호행에
무림이 요동친다!

Book Publishing CHUNGEORAM

유행이 아닌 자유추구
WWW.chungeoram.com

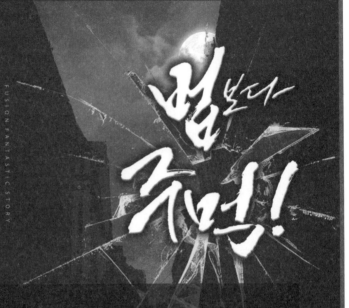

연기의 신

FUSION FANTASTIC STORY

서산화 장편소설

GOD OF ACTING

PRODUCTION

DIRECTOR

CAMERA

DATE | SCENE | TAKE

무대, 영화, 방송…
모든 '연기'의 중심에 서다!

『연기의 신』

목소리를 잃고 마임 배우로 활동하던 이도원은
계획된 살인 사건에 휘말려 비참한 죽음을 맞이한다.
그런 그에게 주어진 특별한 기회, 타임 슬립.

"저는 당신의 가면 속 심연을 끌어내는 배우입니다."

이제 그의 연기가 관객을 지배한다!
20년 전으로 되돌아가 완전한 배우로서의
삶을 꿈꾸는 이도원의 일대기!

Book Publishing CHUNGEORAM

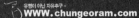

유행이 아닌 자유추구 -
WWW.chungeoram.com